SÉRIE CLUE

CRIME À ÅLODDEN

Du même auteur, dans la série CLUE :

Le braquage d'Oslo

JØRN LIER HORST

Traduction de Marina Heide

CRIME À ÅLODDEN

RAGEOT
ENQUÊTES D'EUROPE

Cet ouvrage a été imprimé sur un papier
issu de forêts gérées durablement,
de sources contrôlées.

Plans : D.R.
Illustration de couverture : Sébastien Pelon.

L'édition originale de cet ouvrage a paru en 2012
en langue norvégienne
chez KAGGE FORLAG (Oslo, Norvège)
sous le titre CLUE – SALAMANDERGÅTEN.
Cette traduction de CLUE – SALAMANDERGÅTEN
est publiée par les éditions Rageot avec l'accord de KAGGE FORLAG

ISBN : 978-2-7002-7688-6
ISSN 2825-5682

« Tout ce que je sais, c'est que je ne sais rien. »

Socrate (470-399 avant J.-C.)

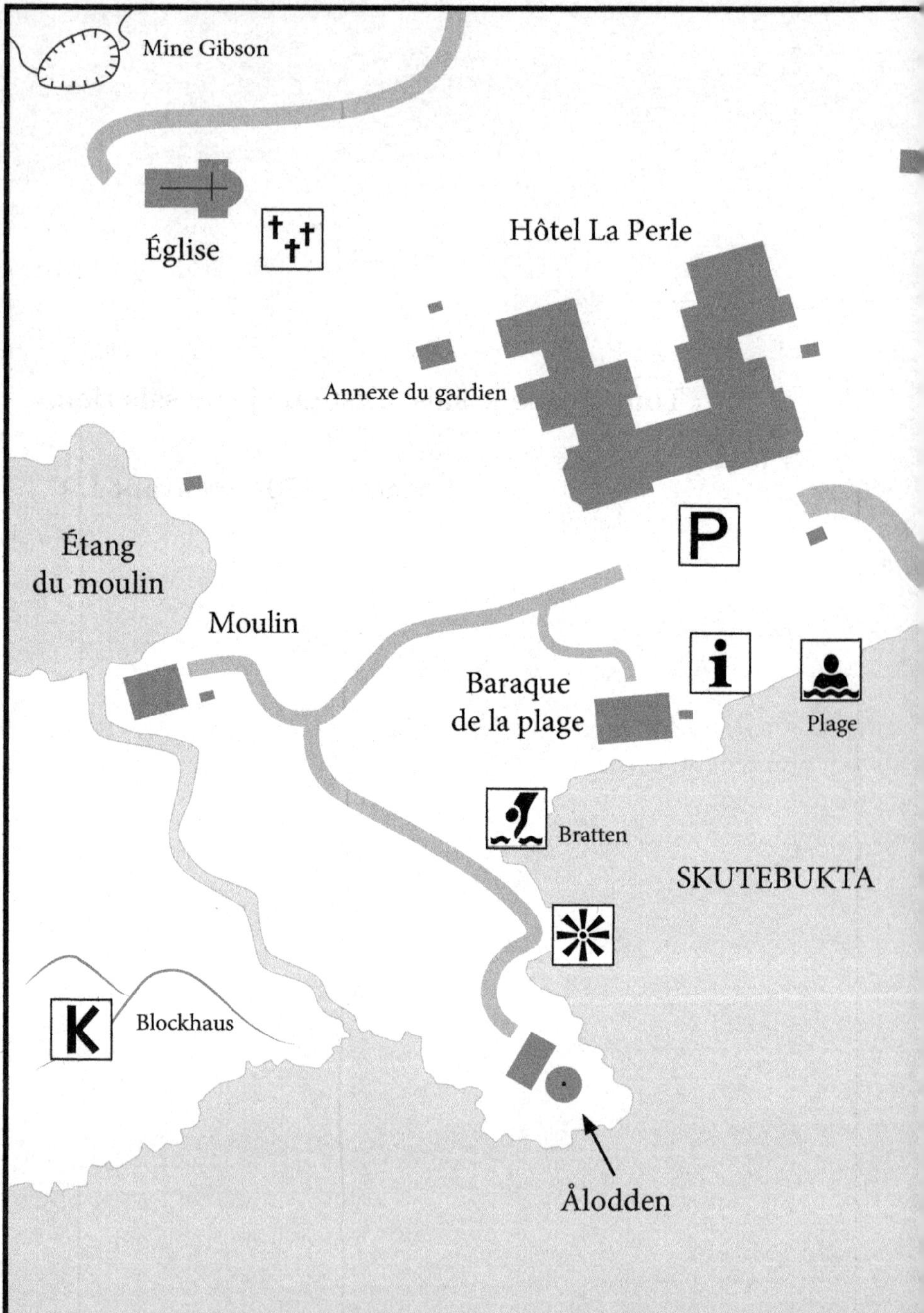
Mine Gibson
Église
Hôtel La Perle
Annexe du gardien
Étang
du moulin
Moulin
Baraque
de la plage
Plage
Bratten
SKUTEBUKTA
Blockhaus
Ålodden

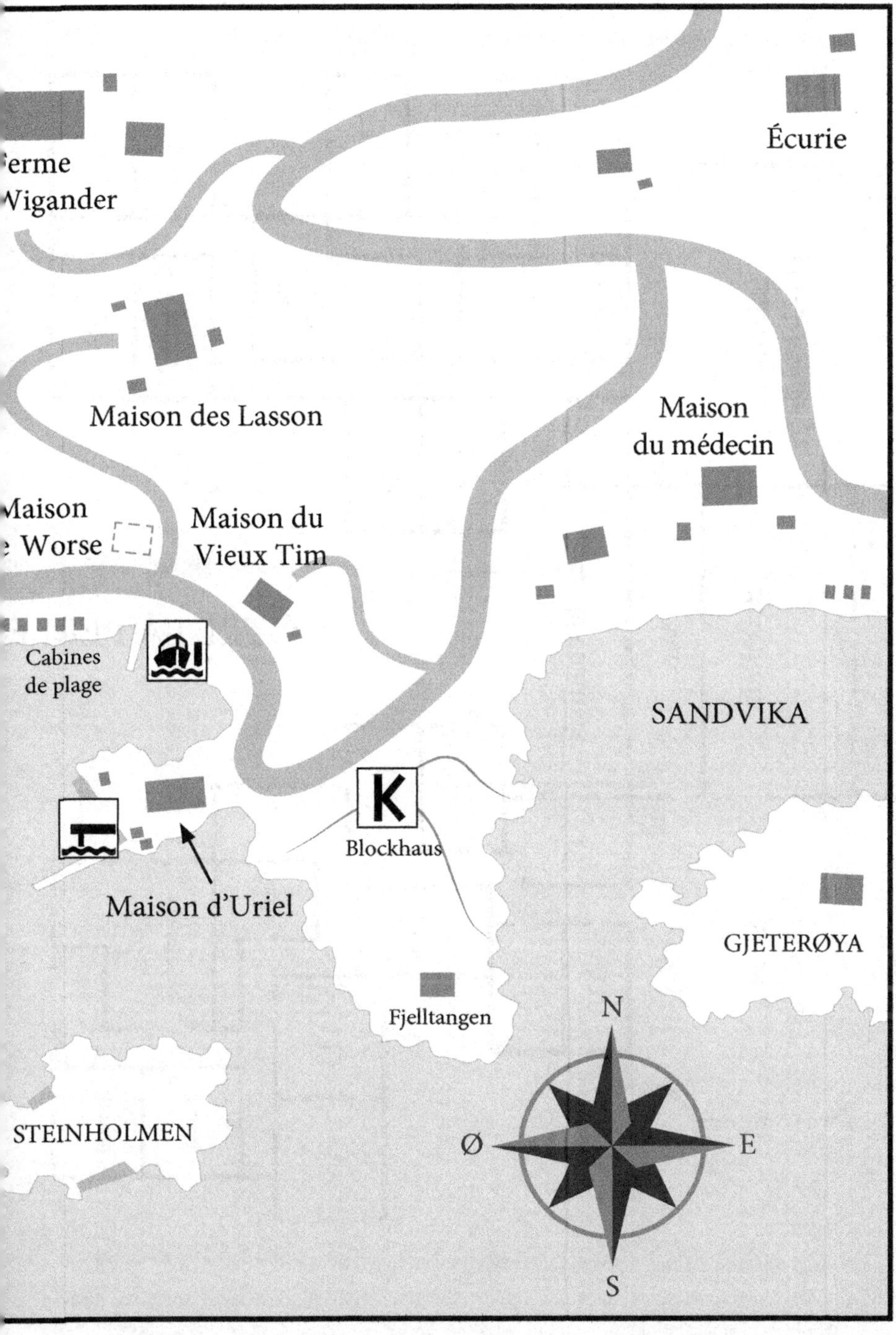

'erme
Vigander
Écurie
Maison des Lasson
Maison
du médecin
Maison
: Worse
Maison du
Vieux Tim
Cabines
de plage
SANDVIKA
K
Blockhaus
Maison d'Uriel
GJETERØYA
Fjelltangen
N
Ø
E
S
STEINHOLMEN

HÔTEL LA PERLE

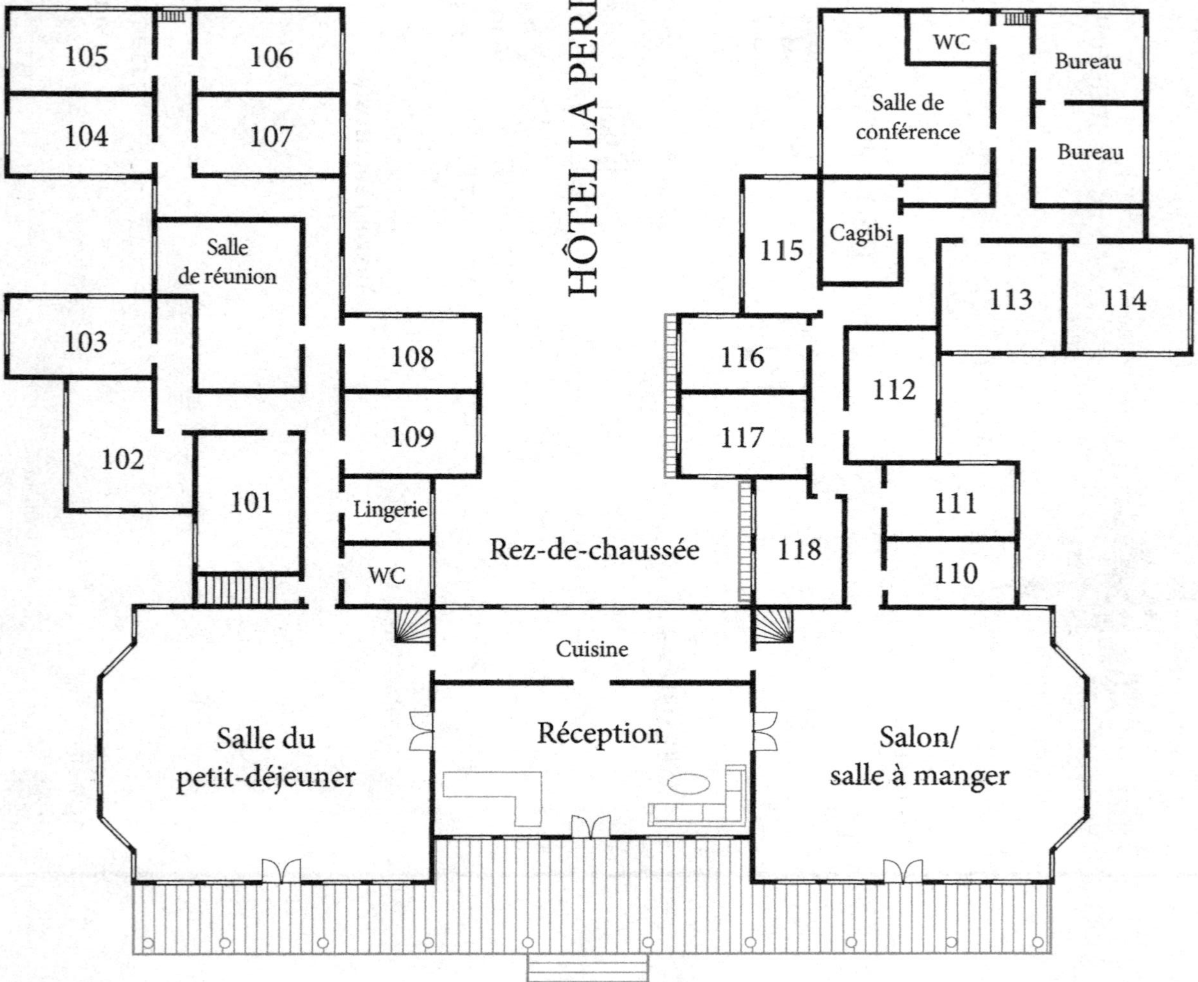

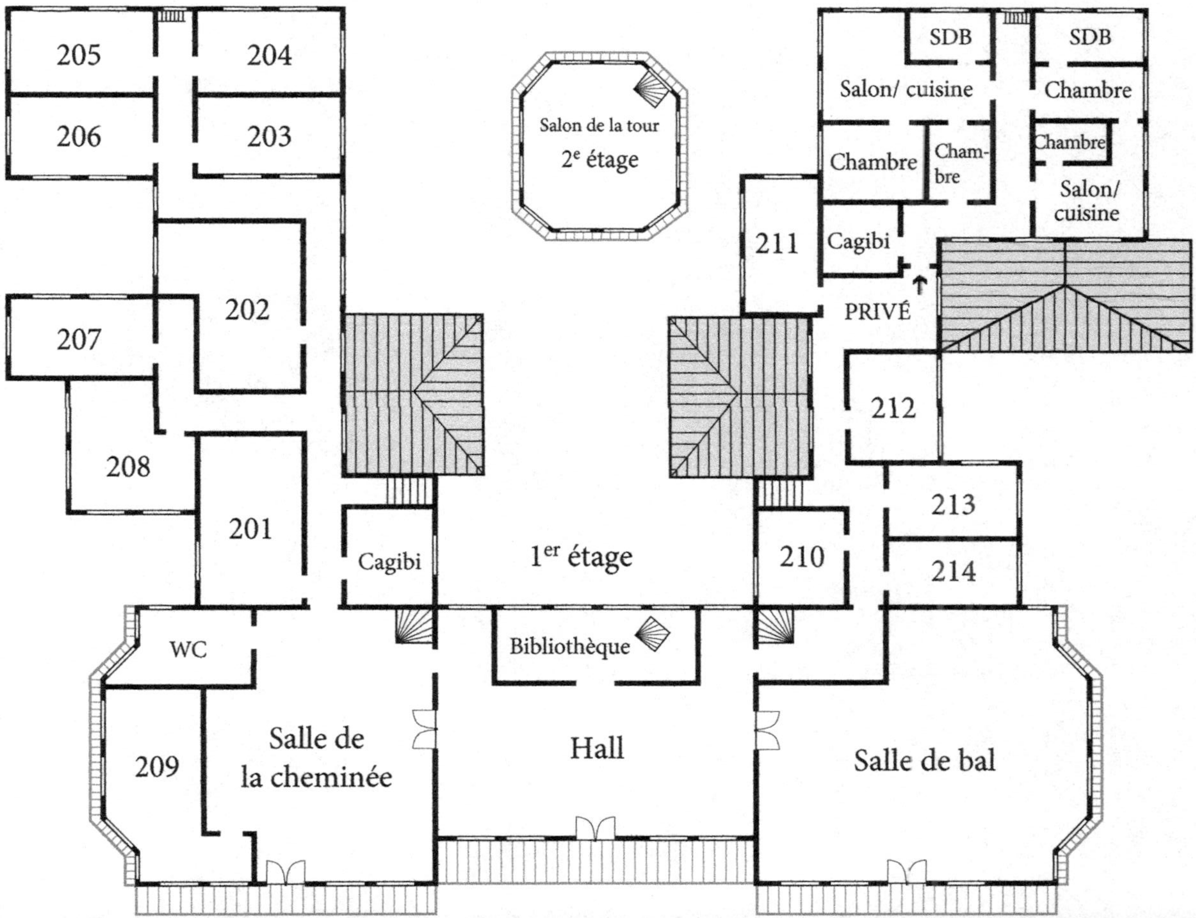
205
204
206
203
Salon de la tour
2e étage
SDB
SDB
Salon/ cuisine
Chambre
Chambre
Cham-
bre
Chambre
Salon/
cuisine
211
Cagibi
PRIVÉ
202
207
212
208
201
213
Cagibi
1er étage
210
214
WC
Bibliothèque
209
Salle de
la cheminée
Hall
Salle de bal

CHAPITRE UN
L'homme sur la plage

Cecilia Gaathe n'avait encore jamais vu de mort. Jusqu'à cet instant.

L'année précédente, quand on avait retrouvé sa mère sur les galets, près d'Ålodden, on n'avait pas voulu la laisser approcher. C'était le Vieux Tim qui l'avait découverte. Et Cecilia l'avait entendu dire aux autres de l'hôtel que ce n'était pas beau à voir. Que les anguilles l'avaient abîmée.

L'homme qui gisait devant elle était couché sur le ventre, emmêlé dans les algues, la tête enfouie dans le sable. Il avait encore les pieds dans l'eau, l'air d'avoir crapahuté jusqu'au rivage avant de s'écrouler sur la plage.

Cette vision lui fit battre le pouls dans la gorge, au point qu'elle eut soudain du mal à respirer, et elle se mit à trembler comme si quelqu'un la secouait. Elle sentit frémir ses bras, ses jambes, et même sa bouche. Elle recula de quelques pas, ferma les yeux et détourna le visage.

— Il est mort ? lança quelqu'un derrière elle.

Elle pivota et vit un garçon. Un garçon bronzé, qui tenait des écouteurs dans une main, et de l'autre formait une visière pour se protéger du soleil matinal. Son visage était à moitié caché, mais il lui sembla un peu plus grand qu'elle. Il pouvait avoir quelque chose comme treize ans.

Elle avala sa salive et inspira.

— À ton avis ?

Sa voix manquait de fermeté, constata-t-elle, sa réplique fit moins d'effet que voulu.

Le garçon s'avança de quelques pas et s'arrêta à côté d'elle. En le voyant hocher la tête, Cecilia ne put s'empêcher de jeter de nouveau un coup d'œil au noyé. L'homme était étendu, les bras écartés du corps. Une de ses manches, déchirée, laissait apparaître un aigle tatoué sur sa peau.

— Désolé, dit le garçon en enroulant ses écouteurs. C'était bête, comme question.

Il sortit son téléphone d'une des poches de son short.

— Tu as prévenu quelqu'un ? lui demanda-t-il.

— Non, fit Cecilia en ouvrant à peine la bouche.

Au lieu de composer un numéro, le garçon leva son téléphone et prit une photo. Puis il avança de quelques pas et recommença.

— Tu ne vas pas...

— Si, si, répondit-il en se mettant à pianoter.

— Tu appelles qui ?

— Ma mère, expliqua-t-il. C'est la gérante de l'hôtel, là-haut, ajouta-t-il avec un geste vers la côte.

Cecilia comprit soudain qui était cet inconnu et elle pinça les lèvres. La gérante de l'hôtel, avant, c'était sa mère à elle. Quand elle était morte, l'année dernière, son père avait bien essayé de se débrouiller tout seul. Il y était arrivé tout l'automne et l'hiver, mais avant même le début de l'été, il lui avait fallu embaucher quelqu'un pour toutes les tâches dont sa femme s'occupait autrefois.

Ce garçon s'appelait Leo, sa mère Rebekka. Leo et Rebekka Bast. On attendait justement leur arrivée ce jour-là. Ils devaient loger dans l'aile privée de l'hôtel.

Cecilia écouta Leo raconter à sa mère qu'ils avaient trouvé un corps. Sa voix ne tremblait pas, il semblait parfaitement calme. Puis il raccrocha sans rien dire.

Les rouleaux déferlaient sur la plage blanche, avant de se retirer doucement. Ils tentèrent de traîner l'homme hors de l'eau par les jambes de son pantalon, mais son corps ne bougea pas d'un pouce.

Cecilia s'efforça de détourner les yeux. Elle laissa son regard glisser le long des rochers ronds et lisses qui ondulaient de chaque côté de la baie. Quelques mouettes décrivaient paresseusement de grands cercles dans le ciel. Un bateau de pêche approchait. La tempête de la veille au soir avait duré toute la nuit, mais à présent, la mer était si calme que les écueils et les falaises rocheuses du côté du phare se reflétaient à sa surface.

Elle avait eu l'intention de ne pas adresser la parole aux nouveaux venus qui reprenaient la direction de l'hôtel. Mais le mort sur la plage avait tout changé.

— Qu'est-ce qui s'est passé, à ton avis ? lui demanda-t-elle.

Leo haussa les épaules. Sa mèche brune ébouriffée se balançait sur son front.

— Il a dû se noyer. Ce n'est pas la première fois que quelqu'un se noie, par ici.

Cecilia ne répondit pas. Il avait raison, elle ne le savait que trop bien.

— Mais comment il est arrivé jusqu'ici ? enchaîna-t-elle avant que Leo ait le temps d'ajouter quelque chose. C'est qui ? D'où vient-il ?

Leo la fixa droit dans les yeux. Les siens étaient vert clair, remarqua-t-elle. Avec quelques reflets marron qui s'étiraient de ses petites pupilles.

— Comment veux-tu que je sache ? répliqua-t-il.

Le père de Cecilia fut le premier à débarquer sur la plage, essoufflé. Il avait couru. Ses épais cheveux gris lui retombaient sur le front. Il y passa les doigts et remonta ses lunettes. Le badge épinglé sur sa poitrine était de travers. « Alan W. Gaathe, gérant », lisait-on. Il précédait une femme blonde aux cheveux courts, vêtue d'une jupe mi-longue et d'un pull moulant. Ses chaussures à talons hauts l'empêchaient de marcher aussi vite qu'elle l'aurait voulu.

Le père de Cecilia s'arrêta et se gratta la nuque. La mère de Leo se planta devant eux et regarda le corps un instant avant de se retourner.

— Allez-vous-en, dit-elle, en tentant de masquer le sinistre spectacle, bras tendus.

Le père de Cecilia approuva.

— Va chercher un drap dans la buanderie, dit-il à sa fille. Ensuite, vous n'aurez qu'à vous mettre là-haut, ajouta-t-il, en montrant un talus qui dominait la plage.

— C'est moi qui l'ai trouvé, tenta de protester Cecilia.

Son père posa un bras sur ses épaules.

— Je sais, répondit-il. Mais on ne peut pas le laisser comme ça.

Elle fit signe qu'elle avait compris et se mit à courir.

Une demi-heure plus tard, la plage grouillait de monde. Le talus sur lequel on leur avait ordonné de se retirer offrait un bon point de vue. Le soleil scintillait sur l'eau, obligeant Cecilia à cligner des yeux pour ne pas être éblouie.

Une voiture de police s'était avancée jusque sur la pelouse qui bordait la plage. Deux hommes en uniforme se tenaient de part et d'autre du drap blanc que Cecilia avait rapporté. L'un d'eux parlait à un journaliste, reconnaissable à son appareil photo en bandoulière. Plusieurs clients de l'hôtel étaient descendus et formaient de petits groupes sur le sable. Il y avait aussi le concierge et sa femme, ainsi qu'Edgar, le cuisinier. Christian Lasson, qui habitait la baraque de la plage, avait accouru sans prendre le temps de retirer sa blouse tachée de peinture. Le Vieux Tim regardait la scène un peu en retrait, s'appuyant des deux mains sur sa canne.

Cecilia se leva. Uriel et son père arrivaient en longeant la plage en direction des autres. Uriel tenait Ego en laisse, au plus près d'elle. Tout le monde se retourna quand le chien lança quelques brefs aboiements.

— Tu vas où ? demanda Leo.

— Rejoindre Uriel.

Il se leva à son tour et la suivit.

Uriel avait douze ans, des taches de rousseur et des cheveux bruns bouclés, un frère plus grand qu'elle et un autre plus petit. Ils vivaient depuis toujours à Skutebukta, dans une maison au-dessus de la digue, de l'autre côté de la baie. Son père était marin-pêcheur et s'appelait Widar. Il portait un épais ciré, un pull à col roulé, un pantalon imperméable et de grandes bottes en caoutchouc.

— L'épave est de l'autre côté de Steinholmen, dit-il à ceux qui se trouvaient là, en montrant du doigt la petite île au large. Il s'en serait sans doute sorti s'il avait porté son gilet de sauvetage. On l'a retrouvé là-bas, avec les restes du bateau.

L'un des policiers approcha.

— Vu la tempête de cette nuit, il a dû s'échouer droit sur les rochers, continua Widar. Allez savoir ce qu'il fabriquait là.

Cecilia jeta un coup d'œil vers l'île. Un accident, se dit-elle. Ce n'était qu'un accident. Pourtant, quelque chose ne collait pas. Ces traces de pas. Les curieux les avaient effacées en piétinant la scène, mais elle les avait vues. Des empreintes dans le sable, laissées par quelqu'un qui s'était approché de l'homme avant elle.

CHAPITRE DEUX
Des traces dans le sable

La Perle. Le vieil hôtel portait bien son nom. Le bâtiment principal, peint en blanc, reposait sur un haut socle de pierre. Il comptait deux étages, avec plusieurs terrasses vitrées, des balcons, des frontons et une tour carrée. Il arrivait encore que Cecilia se perde dans les couloirs.

Depuis le bâtiment, construit entre de grands chênes à soixante-dix mètres de la plage, on avait vue sur l'horizon. À l'arrière, il y avait des prairies, des granges et des bois de bouleaux. Des pierres moussues avaient été ramassées dans les champs pour faire un muret, qui séparait le grand parc de l'hôtel d'un verger de pommiers émaillé de fleurs de trèfle blanches et mauves. Une chaîne de collines boisées s'étirait dans le fond du paysage jusqu'à la montagne, à l'est, dont la forme arrondie faisait penser à un pain de sucre.

Autrefois, cet endroit était une station thermale. Il y a cent ans, les clients arrivaient par le bateau à vapeur qui accostait sur la jetée, ou par le train jusqu'à la ville la plus proche, puis en carriole. Ces établissements de bord de mer proposaient de traiter les rhumatismes dans de grands tonneaux contenant de l'argile humide, et offraient des moments de détente dans des bains d'eau chaude parsemée d'aiguilles de pin. Le soir, des artistes et des musiciens venus de la capitale se chargeaient de divertir les clients dans le grand salon ou la salle de bal.

C'était l'arrière-grand-père de Cecilia qui avait construit l'hôtel. Pendant la guerre, les Allemands l'avaient réquisitionné pour y loger leurs officiers. Ensuite, il y avait eu plusieurs propriétaires, jusqu'à ce que les parents de Cecilia le rachètent six ans plus tôt. Ils avaient beau avoir passé beaucoup de temps à le rénover avant de remettre les chambres à louer, il restait des échafaudages et des pots de peinture à moitié vides un peu partout.

« *La Perle* est une destination en elle-même » avait l'habitude de dire la mère de Cecilia. C'était vrai, puisqu'une seule route y menait et qu'il n'était possible ni de continuer plus loin, ni de passer sans s'arrêter.

Cette route sillonnait entre des enclos avec des chevaux et des champs aux labours noirs, contournait les alentours de la digue où se trouvait la maison d'Uriel, une vieille bicoque blanche, avant de longer la plage et d'aboutir au parking de l'hôtel. Ceux qui avaient la clef de la barrière pouvaient continuer sur le chemin gravillonné jusqu'au phare de la pointe d'Ålodden, ou monter jusqu'à l'étang de Mølledammen. Devant l'hôtel, un large escalier de bois menait à une vaste terrasse couverte meublée de fauteuils à bascule, de petites tables et d'une grande balancelle accrochée aux poutres de la toiture.

Cecilia gravit les marches la première, suivie de Leo puis d'Uriel, qui tenait toujours son chien en laisse.

Près de la porte d'entrée à deux vantaux était installée la cage ovale d'un perroquet multicolore.

— Il s'appelle comment ? demanda Leo.

— Arthur, répondit Cecilia.

— Il est à toi ?

— Non, il porte le nom de son propriétaire, qui l'a abandonné.

— Abandonné ?

— Il y a plus de vingt ans, indiqua Uriel en attachant la laisse de son chien à un poteau de la terrasse.

— Ce perroquet a plus de vingt ans ?

— Ils peuvent être centenaires, lui apprit Uriel.

Leo ramassa une plume bleue sur le plancher de la terrasse et la glissa entre deux barreaux de la cage. Aussitôt, le perroquet l'attrapa.

— Pourquoi son propriétaire est parti sans lui ?

Cecilia haussa les épaules :

— Ça, personne ne le sait.

— Il parle ?

— Un peu.

Cecilia s'approcha de la cage et siffla quelques notes. Le perroquet secoua la tête.

— Qu'est-c'tu fais làààà ? entendit-on sortir du bec crochu. Arthur. Arthur. Qu'est-c'tu fais làààà ?

Tous trois rirent aux éclats.

Avec ses grandes fenêtres, le hall de réception de l'hôtel était lumineux et aéré. Le père de Cecilia se tenait à côté de la mère de Leo, derrière le comptoir d'accueil.

— Ça va, Cecilia ? lui demanda-t-il en levant le nez de ses papiers.

— Oui, oui. On monte dans la tour.

La tour, c'était son coin à elle. Bien sûr, elle avait une chambre dans l'aile privée du bâtiment où elle logeait avec son père, mais la pièce était si petite qu'elle contenait à peine plus qu'un lit. Aussi Cecilia gardait-elle toutes ses affaires dans le salon carré de la tour où elle passait le plus clair de son temps, le jour comme le soir. On y accédait de la bibliothèque par un escalier étroit. À cause des règles anti-incendie, on ne pouvait pas y installer de clients. Cecilia l'avait aménagé à son goût et son père, par principe, s'interdisait d'y mettre les pieds.

La pièce avait des fenêtres qui donnaient de tous les côtés, et ils se dirigèrent vers celle orientée plein sud. Les gens attroupés sur la plage autour du corps étaient repartis, et la marée montante ne tarderait pas à effacer toutes les traces.

— Je suis désolé pour tout à l'heure, glissa Leo.

Cecilia se tourna vers lui.

— Comment ça ?

— Quand j'ai dit que ce n'était pas la première fois que quelqu'un se noyait par ici, reprit Leo. Je ne savais pas que c'était ta mère, l'année dernière.

— T'inquiète, répondit Cecilia. Moi, je ne savais pas que c'était la tienne qui allait travailler ici.

— Qu'est-ce qui s'est passé ?

Uriel répondit à la place de Cecilia.

— On ne sait pas, dit-elle, le doigt pointé vers un mur où étaient affichés des articles de journaux. Elle a disparu un soir. Et on l'a retrouvée au bout d'une semaine.

Leo s'approcha des coupures.

— C'est elle ? demanda-t-il en montrant la photo d'une femme au sourire étincelant, avec des yeux bleu clair et des cheveux blonds bouclés qui lui tombaient aux épaules.

Uriel confirma d'un signe de tête.

— Elle est belle, commenta-t-il.

Cecilia rougit. Tout le monde affirmait qu'elle ressemblait à sa mère. Et pas seulement physiquement. Comme elle, elle jouait du piano, et c'était elle qui avait fait les dessins artistiques dont la pièce était décorée.

— *Mystérieuse disparition*, lut Leo à haute voix.

L'article était daté du 30 juillet de l'année précédente.

« L'une des responsables de l'hôtel *La Perle*, à Skutebukta, est portée disparue depuis une fête donnée mercredi dernier dans cet établissement de bord de mer. D'amples recherches ont été lancées jeudi matin. Iselin Gaathe, 34 ans, a été vue pour la dernière fois peu après minuit. La gérante était très appréciée des employés et des clients de l'hôtel, qui l'ont cherchée pendant plusieurs heures avant d'avertir la police. »

Le regard de Leo passa au texte suivant, intitulé *Disparue sans laisser de traces*. On y répétait que la police, dans cette affaire, ne disposait d'aucun indice. Le troisième article était illustré d'une photo sur laquelle on voyait quatre hommes soulevant une civière au milieu des écueils découverts par la marée basse. Malgré l'épais drap, on devinait le corps. Le tissu rouge d'une robe dépassait, traînant sur les rochers. Le reportage expliquait qu'Iselin Gaathe avait été retrouvée dans l'eau par un promeneur. La police considérait qu'il s'agissait d'une noyade accidentelle.

— Tout ce qu'on sait, c'est qu'on ne sait pas ce qui s'est passé, déclara Uriel.

Cecilia préféra changer de sujet.

— Je peux voir tes photos ? demanda-t-elle à Leo.

— Quelles photos ?

— Celles que tu as prises avec ton portable. Du mort.

Leo sortit son téléphone. Uriel se pencha entre les deux autres pour voir.

— Je me demande qui c'est, dit-elle quand Leo eut trouvé l'une des photos.

Cecilia retint son souffle. Les traces de pas y étaient. La photo avait été prise avant l'arrivée des badauds, mais on devinait à peine les empreintes sur l'écran.

— Tu pourrais zoomer ?

Entre le pouce et l'index, Leo fit apparaître en deux fois plus gros une partie du cliché.

— Je pourrais zoomer encore plus sur mon ordinateur, annonça-t-il.

— Pas la peine, estima Cecilia.

Elle voyait distinctement des traces longer le bord de l'eau, puis se diriger vers le mort, avant de s'arrêter et de le contourner.

— Quelqu'un est venu par là avant moi, affirma-t-elle. Quelqu'un qui n'a rien dit, et qui s'est contenté de passer son chemin.

— Bizarre, fit Uriel. Qui ça pourrait bien être ?

Leo fit défiler les autres photos.

— Lui, peut-être, suggéra-t-il en montrant une silhouette sombre postée sur un rocher.

Elle paraissait bien petite, comparée aux gens qui se trouvaient sur la plage, mais on distinguait que l'homme regardait à travers des jumelles.

CHAPITRE TROIS
La salamandre

Leo alla à la voiture de sa mère, et en rapporta un ordinateur portable et un appareil photo équipé d'un téléobjectif.

— C'est ça que j'aurais dû utiliser, dit-il en plaçant le viseur à son œil. Nikon D7000. Excellente résolution : 16,2 méga pixels.

Il appuya sur le déclencheur, un déclic se fit entendre.

— Autofocus, stabilisateur d'image et ISO jusqu'à 25600 ISO, récita-t-il en tendant l'appareil à Cecilia.

— Qu'est-ce que ça veut dire ?

— Qu'on peut prendre des photos dans le noir, sans flash.

Cecilia tourna les yeux vers le ciel bleu.

— Super, dit-elle en passant l'appareil à son amie.

— On va quand même voir ce qu'on peut faire, continua-t-il en posant son matériel sur la table, sous la fenêtre du côté opposé à la mer.

Son ordinateur était plus fin que celui de Cecilia, mais avec un écran plus grand. Et il démarra beaucoup plus vite.

— J'ai un logiciel pour retoucher les photos, dit-il en s'asseyant. Ça supprime les défauts, ça affine le grain des images et ça les rend plus nettes.

Une fois son téléphone connecté à l'ordinateur, Leo n'eut qu'à appuyer sur quelques touches pour transférer les photos de la plage. Cecilia se posta derrière lui quand il ouvrit la première. La photo qui remplit l'écran était floue et imprécise, mais on y distinguait quand même plus facilement les empreintes et la silhouette de l'homme aux jumelles. Leo la retravailla. Au bout d'un moment, elle apparut assez différente. Les bords étaient devenus plus nets et certains détails plus clairs.

— Tu peux zoomer sur lui ? demanda Uriel en désignant le personnage.

— Ça sera forcément flou, mais je peux essayer.

Le grain redevint de plus en plus grossier à mesure que Leo visait l'homme aux jumelles. Des menus défilèrent à l'écran avant de redisparaître. L'image se transforma en un assemblage de petits points, comme quand on regarde de trop près une illustration de journal, mais à l'évidence l'homme avait entre les mains une paire de jumelles.

— Ça peut être n'importe qui, observa Uriel.

« Elle a raison », pensa Leo.

— Ces jumelles ne veulent rien dire. Que des curieux scrutent les environs quand une voiture de police descend sur la plage, ça n'a rien d'étonnant.

— Les traces de pas sont plus intéressantes, enchaîna Uriel. Quelqu'un a marché le long de la plage et a fait tranquillement le tour du corps.

— Montre-nous l'autre, suggéra Cecilia. Celle où on ne voit que le mort.

Leo sauvegarda le travail qu'il venait de faire et fit apparaître la photo de la victime prise de plus près. D'instinct, le regard de Cecilia se porta sur la tête, avec ces cheveux mouillés qui pendaient tristement de chaque côté.

Depuis un an, elle avait beaucoup pensé à la mort, et s'était faite à l'idée de devoir mourir un jour, elle aussi. Dès l'instant de sa naissance, tout ce qui vivait était condamné à disparaître. Quelle idée étrange. Cette idée ne l'effrayait plus ; ce qui était horrible, c'était la façon inattendue et brutale dont la mort pouvait survenir, comme aujourd'hui.

Le pasteur avec qui elle avait discuté après le décès de sa mère disait que la mort faisait partie de la vie. C'était bizarre, mais vrai, au fond. Les aliments que l'on mangeait étaient faits de plantes et d'animaux morts, par exemple. Et si tous ceux qui avaient vécu sur terre avant elle y étaient encore, il n'y aurait pas de place pour les humains maintenant.

Ce qui l'angoissait, c'était ce qui pouvait bien se passer après la mort. En un sens, elle aurait dû le savoir. Si être mort voulait dire ne pas exister, tout le monde avait été mort avant de naître. Elle ne savait que penser. Tout ce qu'elle savait, c'était qu'elle ne le saurait jamais. En tout cas, tant qu'elle serait vivante.

Cecilia repoussa ces pensées et posa l'index sur l'écran de l'ordinateur.

— Tu pourrais zoomer là-dessus ? demanda-t-elle en encerclant du bout du doigt le bras droit de l'homme.

Leo obéit. L'agrandissement donna un résultat moins granuleux que sur la précédente image.

— Un tatouage ?

Oui, c'était ça ! Le motif piqué de petits points sur la peau claire, une sorte d'aigle, était très précis. Sur la photo, le rapace semblait vivant, comme s'il essayait de sortir de la manche du blouson.

— Trop moche, glissa Uriel.

— C'est le genre de truc qui va aider la police à l'identifier, dit Leo. Si jamais quelqu'un a déclaré la disparition d'un homme d'une trentaine d'années avec une espèce d'aigle tatoué sur le bras droit, ils sauront que c'est lui.

— C'est quoi, comme bête, au juste ? demanda Cecilia.

— Ça, c'est facile à trouver, répondit Leo.

Il copia le motif sur l'écran et le colla sur une autre page.

— C'est un logiciel de reconnaissance d'images, expliqua-t-il. Il va chercher sur Internet des photos qui ressemblent à la nôtre.

À peine Leo avait-il lancé la recherche que le résultat apparut, sous la forme de différents clichés et dessins représentant le même animal. Tous étaient accompagnés d'une légende : salamandre.

Un clic sur l'une des images, et Leo obtint un commentaire : *Salamandre. Vertébré terrestre au sang froid. Animal nocturne. Vit caché le jour, dans des zones fraîches et ombragées qu'il quitte la nuit.*

Leo retourna à la photo de l'homme et à l'agrandissement du tatouage.

— On croirait qu'il y a quelque chose d'écrit, dit-il en se rapprochant de l'écran. Un chiffre, ou des lettres.

Il agrandit un peu plus l'image et utilisa les différentes fonctions de son logiciel pour la rendre plus nette.

— La résolution est trop mauvaise, soupira-t-il.

Mais après quelques efforts supplémentaires, il réussit à rendre l'inscription lisible.

N° 2, lurent-ils, juste au bout de la langue pointée de la salamandre.

Nouvelle sauvegarde, et Leo retourna à la taille normale de la photo.

Cecilia hocha la tête.

À présent, elle voyait l'homme différemment. Sa tristesse s'était envolée. Elle le considérait comme une salamandre. Un homme qui avait dû sortir de sa cachette au cours de la nuit, pour finir sur la plage. Un homme au sang-froid. Et qui n'était pas seul. Le tatouage le désignait comme le numéro deux.

CHAPITRE QUATRE
L'épave

Leo referma son ordinateur, repoussa la table et se mit à se tortiller sur la chaise de bureau.

— Ton père retourne à l'épave, dit-il à Uriel en regardant vers la mer.

Elle jeta à son tour un regard par la fenêtre, juste au bon moment pour apercevoir le bateau de pêche sur le point de s'amarrer derrière Steinholmen. Une autre embarcation approchait dans la même direction.

Cecilia, elle, s'était emparée d'une paire de jumelles.

— C'est le bateau de la police, informa-t-elle les deux autres.

Leo leva son appareil photo et régla l'objectif.

— Où est-ce qu'ils vont ?

— Je pourrais appeler mon père pour le lui demander, proposa Uriel en fouillant dans sa poche.

Au même instant, le téléphone de Leo sonna.

— C'est ma mère, dit-il avant de répondre.

Il échangea quelques mots avec elle, puis raccrocha.

— Il faut que j'y aille, leur annonça-t-il. Le camion de déménagement vient d'arriver, et je dois aider à installer toutes nos affaires.

Il disparut dans l'escalier.

— Papa ne répond pas, dit Uriel, et elle remit son téléphone dans sa poche. Si on allait voir nous-mêmes ?

Cecilia approuva d'un signe de tête. Uriel avait son propre bateau, un cadeau de son père, un youyou en plastique de trois mètres avec un vieux moteur.

Elles descendirent l'escalier et traversèrent la réception d'un pas pressé. Le père de Cecilia, qui parlait avec un client, leva les yeux et adressa un signe à sa fille. Elle se planta au bout du guichet et attendit que la discussion soit terminée. L'homme, un des deux étrangers qui logeaient à l'hôtel, parsemait ses phrases d'anglais. Cecilia comprit qu'il souhaitait prolonger son séjour d'au moins une nuit.

— Ça va, Cecilia ? lui demanda son père, une fois le client parti. Tu veux qu'on discute un peu ?

— Je n'ai rien de spécial à dire, répondit Cecilia.

Elle voyait bien que son père s'inquiétait que ce soit elle, et personne d'autre, qui ait découvert le mort. Mais il n'était pas très doué pour parler de ce genre de chose. Les sujets douloureux ou délicats, c'était toujours avec sa mère qu'elle les abordait, avant.

— Tu en es sûre ? insista son père.

Elle acquiesça.

— Est-ce qu'ils savent qui est le noyé ?

— Non, la police est en train d'examiner l'épave avec Widar, lui apprit-il en jetant un coup d'œil vers Uriel.

— On sort en bateau, nous aussi, lui dit Cecilia. Juste un petit tour.

Son père l'observa d'un air méfiant.

— N'oublie pas le gilet de sauvetage.

Cecilia opina.

Uriel détacha Ego, qui s'était levé en agitant la queue dès qu'elles étaient apparues à la porte, et elles coururent jusqu'au ponton avec le chien entre elles deux.

Dix minutes plus tard, elles s'installèrent dans le bateau. Uriel près du moteur, Cecilia à la proue avec le chien, éclaboussée par les embruns au goût salé, ses longs cheveux blonds ébouriffés par le vent.

Ce n'était pas la première fois qu'elles mettaient le cap sur Steinholmen, mais d'habitude, elles abordaient du côté de l'île faisant face à la côte. Cette fois, Uriel dut décrire un arc de cercle pour éviter les écueils invisibles.

Son père avait amarré son bateau le long du quai, à côté de celui de la police. L'épave était coincée dans une fente rocheuse. Sa coque s'était déchirée, et des éclats de fibre de verre et de plastique étaient éparpillés un peu partout. Apparemment, les policiers avaient terminé leur inspection. Ils étaient à bord de l'épave et passaient des sacs au père d'Uriel, à l'aide de cordes.

Uriel rangea son bateau à côté de celui de son père. Le Vieux Tim, qui était de sortie avec Widar, se tenait à l'avant du pont. Il les salua en relevant sa casquette. C'était un grand homme bien bâti, avec une barbe grise en bataille et une voix sonore. Le Vieux Tim avait été marin, lui aussi, sur des navires de pêche qui naviguaient sur les océans.

— Qu'est-ce qu'ils font ? lui demanda Uriel.

Elle avait dû se redresser pour voir l'épave pardessus le pont du bateau de pêche.

— Ils vérifient qu'il n'y a plus personne à bord, répondit le Vieux Tim de sa grosse voix.

— Et alors ?

Il secoua la tête.

— Apparemment non. Ils ont trouvé un sac de voyage, avec des vêtements et des affaires de toilette pour une personne.

— Ils savent qui c'est ?

— Ils ne m'ont rien dit, mais d'après ce que j'ai entendu le bateau viendrait du Danemark.

Cecilia et Uriel se retournèrent vers l'horizon brumeux d'où il était arrivé. La mer était si bleue que le ciel paraissait pâle.

— Qu'est-ce qu'ils vont faire de l'épave ? demanda Uriel.

— Il va falloir un chaland avec une grue pour la tirer de là, répondit le Vieux Tim. Si c'est à ton père qu'on confie le boulot, il sera bien payé. Il va juste falloir attendre un peu. Pour l'instant, il s'agit de mettre en sécurité tous les objets personnels ou de valeur.

Le père d'Uriel revenait vers son bateau avec trois grands sacs-poubelles. À la manière dont il salua les deux filles, elles virent qu'il n'était pas ravi de les trouver là, mais il ne leur fit pas de remarque.

— Rien qui vaille le détour, dit-il au Vieux Tim en empilant les sacs à l'avant de la cabine. Ils ont emporté ce qu'ils jugeaient intéressant et m'ont demandé de garder le reste jusqu'à ce qu'ils en sachent plus sur le propriétaire.

Le Vieux Tim passa la main dans sa barbe mal taillée, serrant si fort sa canne de l'autre que les articulations de ses doigts blanchirent.

— Les gens qui prennent la mer la nuit en pleine tempête ont forcément une bonne raison de le faire.

Il leva les yeux vers une mouette qui agitait les ailes au-dessus de leurs têtes et se laissait entraîner vers la terre par le vent.

— C'est bizarre, murmura-t-il en frappant le bois du pont de sa canne. Bizarre.

CHAPITRE CINQ
Neuf chambres

Couchés sur la pelouse en contrebas de la terrasse, les trois amis regardaient le ciel bleu, sans un nuage. Cecilia se retourna sur le côté.

— Vous allez emménager ici pour de bon ? demanda-t-elle en mâchouillant un brin d'herbe.

Leo avait les yeux fermés.

— Pas pour toujours, répondit-il sans les ouvrir. Jusqu'au prochain déménagement, en tout cas.

— Vous avez déménagé combien de fois ?

Il haussa les épaules.

— Sept ou huit fois, je crois.

Uriel cueillit un brin d'herbe et le lui passa sous le nez. Il le chassa de la main, comme si c'était une mouche ou un moustique.

— Et ton père ? reprit Cecilia. Il est où ?

Leo haussa de nouveau les épaules.

— Divorcés, lâcha-t-il.

— Qu'est-ce qu'il fait comme métier ?

— Il est journaliste.

— Dans quel journal ?

— Pour une chaîne de télé, rectifia Leo.

Cecilia se redressa.

— Tu rigoles ? Il passe à la télé ?

— Oui, mais vous ne l'avez jamais vu.

— C'est quelle chaîne ?

— Al Arabiya.

— Il est arabe ?

Leo confirma d'un signe de tête.

— Il habite à Dubaï. Je ne le vois qu'une fois par an. Il fait un tour en Norvège tous les hivers.

Plus personne ne dit rien. Uriel recommença à titiller Leo avec son brin d'herbe. Cette fois, il ouvrit les yeux et comprit. Uriel éclata de rire, et il se jeta sur elle. Ils roulèrent et luttèrent dans l'herbe, bientôt rejoints dans leur mêlée par Ego, avant de s'arrêter, les joues en feu.

— Qu'est-ce qu'il fabriquait par ici, à votre avis ? lança Uriel en se rallongeant, la tête sous les bras.

— Le Vieux Tim pense qu'il avait de mauvaises intentions.

— En tout cas, c'est suspect, dit à son tour Leo. Arriver seul en bateau du Danemark, la nuit, en pleine tempête. Ça devait être important.

— Et s'il avait rendez-vous avec quelqu'un ? imagina Cecilia.

— Avec qui ?

— Je ne sais pas. L'homme aux jumelles, peut-être.

— Ou quelqu'un qui loge à l'hôtel, pensa Uriel tout haut.

Leo se rassit.

— Vous avez une liste des clients, non ? On pourrait peut-être y jeter un coup d'œil...

À cet instant, Ego se redressa sur ses pattes et se mit à aboyer furieusement, le museau pointé vers la mer. Il s'élança un peu plus loin, aboya de nouveau et se retourna vers eux.

— Qu'est-ce qu'il y a, Ego ? demanda Uriel en s'approchant de son chien.

— C'est l'homme aux jumelles, répondit Cecilia qui venait de se lever.

La main en visière, elle regardait dans la direction où s'était précipité Ego. Une silhouette se distinguait du côté d'Ålodden, dans la même posture que sur la photo de Leo.

— On n'a qu'à y aller à vélo, proposa Uriel, qui se dirigeait déjà vers le râtelier où étaient alignées les bicyclettes mises à la disposition des clients.

Le soleil avait séché les flaques et tapait fort. Le chemin menant au phare dessinait une courbe, puis serpentait à travers d'épais bois de feuillus qui formaient une voûte au-dessus de leurs têtes, avant que le paysage redevienne nu à l'approche de la côte.

Quand Cecilia l'avait repéré, l'homme se trouvait sur l'aire aménagée pour admirer le panorama, un espace clos où l'on avait installé un banc. Mais en arrivant, ils trouvèrent l'endroit désert. Ils laissèrent leurs vélos contre un pin tordu dont les racines polies traversaient le chemin. Un parfum de conifères et de lande chauffée par le soleil les environnait.

Cecilia jeta un coup d'œil par-dessus la clôture, vers la mer. Le vent secouait les fleurs qui jaillissaient dans les creux des falaises. En contrebas, les vagues écumantes venaient frapper la côte. C'était là-bas que le Vieux Tim avait trouvé sa mère.

Uriel se baissa pour ramasser une cigarette à moitié fumée.

— Il est passé où ? s'étonna-t-elle en jetant le mégot.

— Peut-être qu'il a pris le sentier pour rentrer, imagina Cecilia.

— À moins qu'il ne soit allé jusqu'au phare.

Cecilia se retourna vers la pointe. Tout au bout se dressait le bâtiment circulaire. Elle ne l'avait jamais aimé, ce phare, avec son jet de lumière inquiétant qui balayait l'obscurité.

— Et toi, qu'est-ce que tu en penses, Ego ? lança Uriel en s'accroupissant à côté de son chien.

L'animal lui lécha l'oreille.

— Pas maintenant, se défendit-elle en riant. Où est passé le type, hein ?

Ego n'ayant pas la réponse, elle enfourcha son vélo.

— Allons voir au phare, décida-t-elle, prenant la tête des opérations.

La tour de pierre blanche était haute de quatre étages, avec une bande rouge entre les deux derniers niveaux. Une nuée de mouettes tournait autour du balcon qui entourait la lanterne. Elles emplissaient l'air de battements d'ailes et de cris affamés. Les fenêtres de l'ancienne maison du gardien, juste à côté, avaient été condamnées.

Les trois amis rangèrent les vélos contre le mur et observèrent les alentours. L'air vibrait tellement il faisait chaud. C'était à peine si l'on sentait une légère brise. Sous le soleil, la surface de la mer brillait comme du verre, si éblouissante qu'elle faisait presque mal aux yeux.

— Il n'y a personne, constata Leo.

— Mais il est venu ici ! répondit Uriel. Regardez, c'est la même marque de cigarettes que tout à l'heure.

Elle toucha du bout du pied un paquet froissé, rouge et blanc. Marlboro®, lisait-on en grosses lettres.

— Il est tout sec et encore propre, dit-elle en le ramassant. On a dû le jeter ici aujourd'hui.

La maisonnette du gardien avait deux portes, à l'avant et à l'arrière, pour que ceux qui y habitaient puissent sortir d'un côté ou de l'autre, selon le vent. Uriel essaya en vain de les ouvrir avant de s'approcher du phare. La lourde porte de chêne était verrouillée, elle aussi. Elle s'approcha de la première fenêtre. À l'intérieur, le rebord était constellé de mouches mortes.

— Il ne sert plus, ce phare ? demanda Leo.

— Si, il marche toujours, répondit Uriel, mais la lumière est commandée à distance, par un système automatique.

— Bon, on rentre ? suggéra Cecilia.

Leo approuva :

— On verra peut-être le type en route.

Ils s'arrêtèrent de nouveau au point de vue, cette fois sans descendre de vélo. Deux personnes se promenaient sur la plage, un homme et une femme apparemment, qui marchaient bras dessus bras dessous. À part eux, l'endroit était désert. L'eau était encore trop froide, mais avec ce temps, ce serait noir de monde d'ici un jour ou deux.

Sur le chemin du retour, ils ne virent pas l'ombre du mystérieux personnage.

— Et si on jetait un œil à la liste des clients ? proposa Leo en rangeant son vélo dans le râtelier.

— Bonne idée, dit Cecilia, et elle entra la première.

La réception était vide. Ils passèrent derrière le comptoir et se postèrent tous les trois devant l'ordinateur.

Cecilia, qui connaissait bien le système informatique de l'hôtel, tapa sur quelques touches. La liste des personnes hébergées ces dernières vingt-quatre heures s'afficha. Seules neuf chambres étaient louées sur les trente-deux que comptait l'établissement. Ce qui représentait douze clients au total.

— Madame Gabrielsen est ici depuis les vacances d'hiver, déclara Cecilia avant d'éliminer ce nom. Sa maison a brûlé, c'est son assurance qui paye l'hôtel.

Venait ensuite un couple de retraités. Ils avaient séjourné entre ces murs pendant leur jeunesse, avaient-ils expliqué.

Nina Hauk et ses deux enfants occupaient une chambre familiale au premier étage.

Tomas Pasek et Jarek Miller, deux Polonais qui travaillaient sur un chantier des environs, avaient trouvé ici des chambres à un prix raisonnable.

— Et ceux-là ? s'enquit Leo en montrant du doigt les deux noms aux consonances étrangères qui terminaient la liste.

Ferit Hiddink et Micke Turegen. C'étaient eux qui venaient de demander à prolonger leur séjour. Même s'ils étaient arrivés ensemble, ils avaient pris une chambre chacun. Cecilia ignorait s'ils venaient du même pays. Celui qui s'appelait Ferit était petit et musclé, avec le nez plat, la tête enfoncée entre les épaules et le menton mal rasé. Il avait les cheveux ras, et portait toujours une belle veste par-dessus son tee-shirt rentré dans un pantalon de couleur sombre. Le second, plus grand, avait les cheveux longs et le visage maigre, avec de petits yeux marron sous des sourcils bruns. Il aurait pu être beau si sa bouche n'avait pas été de travers.

— Ça m'étonnerait que ce soient eux, dit Cecilia. Ce sont des clients quasiment permanents. Ils logent à l'hôtel presque un mois sur deux.

— Qu'est-ce qu'ils font dans le coin ?

Cecilia haussa les épaules.

— Aucune idée. Du commerce, je crois. En tout cas, on dirait des hommes d'affaires.

Il restait deux noms sur la liste : Harald Grøneberg et Marianne Christophersen. La chambre de M. Grøneberg avait été réservée par le service commercial d'un fabricant d'aspirateurs. Quant à Marianne Christophersen, on lui avait attribué la chambre 204. Le registre ne contenait aucune autre information la concernant, et Cecilia ne l'avait jamais vue.

— On peut imprimer cette liste ? proposa Leo.

Cecilia obéit et lui tendit la feuille avant qu'ils ne ressortent sur la terrasse.

Uriel et Cecilia s'installèrent chacune dans un fauteuil à bascule, Leo s'assit dans la balancelle et commença à passer en revue tous les noms.

— Alors, tu y vois plus clair ? lança Uriel.

Il secoua la tête et leva les yeux vers la mer, d'où le mort était arrivé.

— Peut-être qu'il n'avait pas rendez-vous ici, mais qu'il fuyait quelque chose...

CHAPITRE SIX
Les intrus

La lumière matinale filtrait à travers les fenêtres de la salle du petit-déjeuner, jetant des reflets sur les assiettes et les couverts que Cecilia venait de disposer sur les tables. Le petit-déjeuner, c'était sa responsabilité pendant les vacances scolaires, cinq jours sur sept. Elle devait sauter du lit à six heures et demie. Ce qui ne la dérangeait pas : elle était matinale de nature. Il lui arrivait de se lever plus tôt encore pour aller se promener avant le service, le long de la plage, et être seule avec ses pensées.

Ce travail lui plaisait. On baignait dans l'odeur des petits pains sortant du four et du café frais. Et ce qu'elle préférait, c'était de pouvoir faire ce qu'elle voulait le reste de la journée à partir de onze heures et demie, une fois sa tâche accomplie. Quand il y avait peu de clients, elle n'avait aucun mal à récapituler qui avait déjà mangé et qui était attendu, ce qui lui permettait de finir plus tôt.

Ce matin, les deux étrangers en costume étaient les derniers au petit-déjeuner. Assis près des fenêtres, ils parlaient à voix basse. Cecilia avait déjà débarrassé toutes les autres tables.

Tant qu'à les attendre, elle sortit de la salle chercher le journal local à la réception. Le naufrage faisait la Une. L'article se contentait d'indiquer qu'il avait fait une victime, dont l'identité n'avait pas encore été déterminée. La police préférait ne pas s'engager sur les causes de l'accident pour l'instant, mais évoquait la tempête et une mauvaise visibilité, combinées à une vitesse excessive.

Elle venait de terminer sa lecture quand la double porte de l'entrée s'ouvrit sur Uriel. Elle entra en trombe, talonnée par Ego.

— On s'est fait cambrioler ! s'exclama-t-elle avant que Cecilia ait le temps de lui rappeler que les chiens étaient interdits à l'intérieur de l'hôtel.

— Cambrioler ?

— C'est l'abri à bateaux. Enfin, ils ont juste fracturé la porte.

— Il y a quelque chose à voler là-dedans ?

— Non, ils n'ont rien pris, mais ils ont fichu le bazar.

Leo descendait justement l'escalier. Uriel lui raconta ce qui s'était passé.

— Vous avez prévenu la police ?

— Mon père les a eus au téléphone. Mais comme rien n'a été volé, ils ne veulent pas se déplacer.

— On ferait peut-être bien de vérifier ? suggéra Leo.

Cecilia jeta un coup d'œil dans la salle de restaurant. Les deux derniers clients étaient en train de se lever de table.

— Je viens avec vous, dit Cecilia. Je débarrasse et j'arrive.

Cinq minutes plus tard, elle était prête, et les trois complices arrivèrent devant l'abri à bateaux. Le chambranle de la porte était en morceaux, la serrure entourée d'éclats de bois.

Leo se saisit de l'appareil qu'il portait en bandoulière, et prit quelques photos des dégâts.

L'intérieur du cabanon sentait le goudron, les cordes et la vieille peinture. Il y faisait sombre, malgré la lumière du plafonnier. Leurs yeux s'habituèrent petit à petit à l'obscurité. C'était un affreux bazar, mais ce que le père d'Uriel gardait là-dedans semblait plus ou moins intact. Les outils étaient restés accrochés le long du mur, les cordages à leur place. Les cambrioleurs s'étaient concentrés sur les trois sacs que Widar avait rapportés de l'épave. Et ils les avaient laissés là, renversés, leur contenu étalé par terre.

— D'habitude, on ne ferme pas à clef, expliqua Uriel. Mais mon père l'a fait hier soir, parce qu'on lui avait confié toutes ces affaires.

Leo prit quelques photos supplémentaires avant de s'accroupir pour observer la scène de plus près. Il y avait des vêtements, un sac de couchage, des paquets de biscuits, des bouteilles, des livres, des magazines... tout ce qu'on avait retrouvé à bord du bateau échoué près de Steinholmen.

— Les cambrioleurs cherchaient quelque chose, observa Leo. Quelque chose qui se trouvait dans l'épave.

— Et ils l'ont trouvé ?

Uriel ramassa un petit poste de radio.

— Papa n'a pas l'impression qu'il manque quoi que ce soit.

Une ombre apparut soudain à la porte.

— Il vaut mieux que vous ne touchiez à rien.

C'était Widar.

— Les policiers viennent de me dire qu'ils allaient venir finalement. Au moins pour récupérer tout ce fatras.

Les trois amis lâchèrent ce qu'ils avaient entre les mains et se relevèrent.

— Ils pensent que le cambriolage a un rapport avec le naufrage ? demanda Uriel.

— Je ne sais pas, lui répondit son père en commençant à remettre les affaires dans les sacs. Mais ça m'en a tout l'air.

Dehors, il faisait un soleil éblouissant. Cecilia, les yeux plissés, tourna son regard vers le large. Rien à l'horizon.

— Tout ce qu'on sait, c'est qu'on ne sait rien, murmura-t-elle.

CHAPITRE SEPT
Deux hommes dans un bateau

— Qu'est-c'tu fais lààà ?

Arthur, le vieux perroquet, les accueillit à sa façon en les voyant s'installer à l'une des tables de la grande terrasse couverte.

— Arthur. Qu'est-c'tu fais lààà ? Mary. C'est Mary, c'est...

Ego se mit à grogner.

— C'est nouveau, ça, observa Uriel, tout en faisant taire son chien.

Leo photographiait l'oiseau bavard.

— Qu'est-ce qui est nouveau ? demanda-t-il.

— Qu'il dise « Mary ».

Cecilia confirma :

— Moi non plus, je ne l'ai jamais entendu dire ça.

— Il est peut-être tombé amoureux ? lança Uriel, hilare.

Soudain, Leo se leva de son siège et se baissa par terre.

— Tiens, dit-il en ramassant un téléphone, quelqu'un a perdu son portable.

— Ça doit être un client. Tu n'as qu'à le déposer à la réception.

— On pourrait peut-être retrouver le propriétaire. En m'appelant moi-même, pour voir quel numéro s'affiche.

Il s'apprêtait à taper son numéro quand le téléphone se mit à sonner.

— Je réponds, à votre avis ?

— Oui, firent les deux autres en chœur.

— Mais qu'est-ce que je vais dire ?

— Allô, par exemple...

Trop tard. Celui qui avait appelé renonça, et l'appareil se tut.

— Je vais le mettre à l'intérieur, décida Cecilia en le lui prenant des mains.

Comme il n'y avait personne à la réception, elle écrivit sur un bout de papier où le téléphone avait été retrouvé, et le posa à l'arrière du comptoir. Puis elle passa par la cuisine, remplit une carafe de jus de fruits et s'empara de trois verres avant de rejoindre ses amis. Leo était penché sur la liste des clients.

— L'un d'eux peut être un des cambrioleurs, déclara-t-il. Tu as remarqué quelque chose de suspect, ce matin, quand tu servais le petit-déjeuner ?

— Comment ça, de suspect ? rétorqua Cecilia en remplissant les verres.

— Je sais pas. Des gens avec l'air fatigué, ou qui seraient arrivés tard.

Non, fit Cecilia d'un signe de tête.

— Elle, là, elle est descendue ce matin, remarqua-t-elle, le doigt sur le nom de Marianne Christophersen, de la chambre 204. Alors qu'hier, elle n'était pas venue.

— Tu as trouvé quelque chose sur elle ?

— Comment ça, trouvé quelque chose ?

— Tu sais pourquoi elle est ici ?

Cecilia hocha de nouveau la tête.

— Tout ce que je sais, c'est qu'elle aime les œufs au plat. Elle en a mangé trois.

— Et les autres clients ? Tu n'as rien remarqué de spécial ?

— Chut, fit Uriel avec un coup d'œil en direction de la plage.

Les deux étrangers revenaient vers l'hôtel.

Leo posa doucement son appareil photo sur la rambarde de la terrasse, visa les deux hommes et les photographia sans qu'ils s'en aperçoivent. Puis il remit l'appareil sur ses genoux avant qu'ils montent l'escalier de la terrasse. Trop habillés, ils avaient l'air d'avoir chaud. Surtout le petit. La sueur lui perlait au front.

Ego se leva et gronda un peu sur leur passage, mais se recoucha dès qu'il les vit rentrer dans le hall.

— Moi, je les trouve louches, chuchota Leo.

— Ce sont des habitués, lui rappela Cecilia. Ils ont logé ici des tas de fois avant.

Uriel souligna :

— Je me souviens qu'ils étaient là quand ta mère a disparu. Même qu'ils ont participé aux recherches.

Soudain, un carillon retentit de l'intérieur. Quelqu'un venait de faire sonner la clochette de la réception.

— Qu'est-ce qu'ils fabriquent ici, en fait ? s'interrogea Leo. Ils n'ont pas l'air de bosser, ni d'être en vacances.

Cecilia haussa les épaules.

— Je crois qu'ils font du commerce.

— Mary, c'est Mary. Qu'est-c'tu fais làààà ? Mary, c'est...

Ils se retournèrent vers le perroquet.

— Oui, Arthur, répondit Cecilia en riant. Tu veux une pomme ?

— Une pomme. Mary, c'est Mary, c'est...

— Je vais t'en chercher une.

Elle se leva, retourna dans la cuisine, et réapparut peu après avec un fruit pour chacun.

— Je n'ai rien pour toi, Ego, dit-elle au chien qui remuait la queue. Pas cette fois.

Elle découpa un morceau de pomme et le glissa entre les barreaux de la grande cage. Arthur sauta de son perchoir.

— Mary, c'est Mary, c'est Mary, c'est ! s'exclama-t-il en picorant le quartier de fruit.

— Quelqu'un a dû lui apprendre à dire ça, commenta Uriel.

Cecilia croqua dans sa pomme et réfléchit tout en mâchant. Mary... Ce nom lui évoquait quelque chose. Elle l'avait entendu ou lu quelque part, mais où ? Elle ne s'en souvenait pas.

— C'est peut-être un surnom, imagina Leo en parcourant du doigt la liste qu'il avait gardée devant lui.

Un surnom pour Marianne Christophersen, de la chambre 204.

Ils n'eurent pas le temps de discuter de cette hypothèse : le père de Cecilia venait d'apparaître sur la terrasse avec les deux étrangers.

— Cecilia ?

Elle se leva.

— Ferit et Micke vont prendre le bateau. Tu pourrais le leur montrer ?

Elle répondit d'un sourire. L'hôtel disposait pour ses clients d'un petit bateau à louer, amarré au ponton. Il était un peu plus grand que celui de son amie Uriel, et équipé d'un moteur légèrement plus puissant. Cecilia n'avait pas le droit de s'en servir, mais elle savait raccorder le tuyau d'essence et faire démarrer le moteur.

Les deux hommes, toujours habillés aussi chaudement, portaient leurs vestes repliées sur le bras. Aucun ne dit mot pendant que Cecilia les accompagnait jusqu'au bateau, puis ils murmurèrent un remerciement une fois que le moteur eut démarré.

— Il y a des gilets de sauvetage sous le siège, indiqua-t-elle.

— Merci, répéta celui qui s'appelait Ferit, et il s'assit sans enfiler de gilet.

Elle resta à les regarder tandis qu'ils s'éloignaient au large.

— Tu en as tiré quelque chose ? demanda Leo, qui l'avait rejointe avec Uriel.

— Si j'en ai tiré quelque chose ?

— Tu aurais dû en profiter pour leur poser une ou deux questions. Essayer de savoir pourquoi ils sont là, et ce qu'ils vont faire en mer.

— J'ai l'impression qu'ils se dirigent vers Steinholmen, dit Uriel en se protégeant du soleil, la main en visière.

Le bateau décrivit une courbe, cap sur le côté invisible de l'île où se trouvait l'épave.

Elle tira plus fort sur la laisse d'Ego, qui s'était mis à grogner et à lancer des aboiements agressifs.

CHAPITRE HUIT
Hors de vue

— Ils se dirigent vers l'épave ! s'exclama Leo haut et fort au moment où les deux filles pensaient la même chose tout bas.

— Suivons-les ! répondit Uriel.

Ce n'était pas une proposition en l'air. Elle s'élançait déjà vers son propre bateau.

— Mais... protesta Cecilia.

— On n'aura qu'à accoster de l'autre côté, dit Uriel. Et grimper sur la colline. S'ils sont à l'épave, on pourra les observer de là-haut, il suffira de se baisser pour qu'ils ne nous voient pas.

— On ne peut quand même pas... balbutia Cecilia, mais Leo lui coupa la parole :

— Tu ne comprends pas ? S'ils ont loué un bateau pour aller voir l'épave, ça veut dire qu'ils ont un rapport avec le mort !

Cecilia les suivit à contrecœur.

— Ou alors ils sont juste curieux, fit-elle remarquer.

Leo ne voulait rien entendre.

— Il n'y a que deux gilets de sauvetage, constata-t-elle en regardant autour d'elle.

— Ça fait rien, rétorqua Leo. Mettez-les, vous deux. Moi, je peux m'en passer. Il faut se dépêcher. C'est sans doute eux qui ont cambriolé l'abri à bateaux de ton père, Uriel.

Le garçon défit l'amarre et sauta à bord.

— Ils cherchaient quelque chose dans les affaires de l'épave, mais n'ont rien trouvé. Du coup, ils vont fouiller directement là-bas.

Le moteur démarra du premier coup. L'autre bateau avait déjà disparu derrière la pointe de Steinholmen. Cinq minutes plus tard, Uriel manœuvrait pour accoster au ponton en bois, du côté le plus proche de l'île.

— Mieux vaut qu'Ego reste ici, non ? dit Leo. Ce serait dommage qu'il se mette à gronder ou aboyer.

Uriel approuva. Elle attacha son chien au banc central. Il gémit, mais obéit sagement quand elle lui ordonna de se coucher.

Les trois complices suivirent le sentier bordé de ronces et de buissons d'églantiers qui menait jusqu'au sommet, au beau milieu de l'île, et rampèrent sur les derniers mètres avant de lever prudemment la tête par-dessus la crête caillouteuse.

Le bateau de l'hôtel était à quai. L'épave n'avait pas bougé, mais les deux hommes n'apparaissaient nulle part.

— Ils sont passés où ? s'étonna Uriel.

— Là-bas ! s'exclama soudain Leo, le bras tendu vers l'épave.

Il avait raison. Le bateau se balançait de toute sa masse sur les rochers. Ils étaient à l'intérieur.

Leo posa son appareil photo par terre devant lui, baissa la tête et appuya sur le déclencheur. Uriel sortit une petite paire de jumelles de la poche de son blouson. Elle les utilisa avant de les passer à son amie. Juste au moment où Cecilia y regardait à son tour, l'homme nommé Ferit émergea de la cabine et sauta à terre, avec force et souplesse. Son tee-shirt noir lui collait au corps, on voyait ses abdominaux à travers. Il leva la tête vers le soleil en plissant les paupières d'un air découragé. Ses mouvements évoquaient à Cecilia ceux d'une panthère ou d'un grand félin qu'on aurait dérangé pendant son sommeil.

Pendant ce temps, Leo mitraillait.

Puis le second homme sortit de l'épave. De là-haut, on entendait le son de leurs voix. Ils avaient beau parler une langue étrangère, il n'était pas difficile de comprendre qu'ils n'étaient pas contents.

Le deuxième homme sauta à son tour à terre et pointa l'index vers le bord de l'eau. L'autre eut un geste résigné.

— Ils cherchent un truc, chuchota Leo. Allez savoir quoi... Visiblement, ils ne le trouvent pas.

Cecilia visait les deux types et l'épave avec ses jumelles quand, soudain, elle sentit contre son oreille gauche la langue chaude et humide d'Ego. Elle poussa un petit cri et se retourna. Une pierre se détacha et dévala la pente du côté de l'épave.

Brusquement, les deux hommes levèrent les yeux.

— Vite ! lâcha Leo entre ses dents. On se tire !

Ils redescendirent aussi vite que possible. En arrivant au bateau, Uriel s'excusa :

— Il a dû casser sa laisse à force de tirer.

Avant de sauter à bord, Cecilia jeta un regard derrière elle. Personne. Et une fois en sécurité sur son banc, alors qu'Uriel avait déjà mis le cap sur l'hôtel, elle repensa à ce qu'elle avait vu dans les jumelles juste avant que le chien les trahisse. Elle avait réussi à déchiffrer le nom du bateau écrasé sur les rochers. Sur la proue de l'épave, elle avait lu : *Le Mary C.*

CHAPITRE NEUF
Un nouveau client

Le soleil traversait les fenêtres du salon de la tour, faisant scintiller les grains de poussière qui dansaient dans l'air. Cecilia regarda de nouveau à travers les jumelles. Le bateau piloté par les deux hommes longeait doucement le rivage. Il fit bientôt le tour de la baie, presque jusqu'au phare d'Ålodden.

— C'est sûr, décréta Uriel. Ils cherchent quelque chose qui se trouvait dans l'épave et que les vagues ont pu emporter sur la côte.

Leo, penché sur son ordinateur, s'écarta du bureau en faisant rouler son fauteuil.

— Tu avais raison, dit-il en montrant l'écran. L'épave s'appelle bien *Le Mary C*.

Il venait de transférer ses photos. Le nom était clairement lisible.

— Vous comprenez ce que ça signifie ? lança Uriel.

Non, ils ne voyaient pas trop.

— Le perroquet, commença-t-elle. Il a dû entendre quelqu'un prononcer ce nom, puisqu'il n'arrête pas de le répéter.

— Exact, admit Cecilia.

— Celui qui a perdu son portable ! conclut-elle vivement. Quelqu'un qui était assis à la même table que nous tout à l'heure, et a parlé au téléphone de l'accident. Quelqu'un qui connaissait le nom du bateau.

— Et l'homme qui est mort, ajouta Uriel. Quelqu'un qui est mêlé à cette histoire.

Leo s'était déjà levé de son fauteuil.

— Il faut qu'on trouve à qui appartient ce téléphone, dit-il en descendant l'escalier. Je parie que c'est un des deux étrangers.

À cette heure, c'était la mère de Leo qui tenait la réception. Elle les accueillit avec le sourire.

— Edgar fait des crêpes dans la cuisine, annonça-t-elle. Si vous y allez, je suis certaine que vous aurez le droit d'y goûter.

— Cool, répondit Leo, en passant derrière le comptoir, et il se mit à chercher. On se demandait juste si le téléphone qu'on a trouvé… expliqua-t-il.

— Ah oui, ça tombe bien. Le monsieur était ravi de le récupérer. Il m'a dit de vous remercier.

Leo leva les yeux vers sa mère.

— Il était à qui ?

— Au nouveau client qui loge en haut, dans la 213. Il est arrivé ce matin sans réservation. Le petit-déjeuner était fini, mais comme il avait très faim, Edgar lui a préparé des tartines.

— Il s'appelle comment ?

— C'est un Danois, lui dit sa mère en jetant un regard sur la liste qui se trouvait devant elle. Klaus Bang, lut-elle.

— Qu'est-ce qu'il vient faire dans le coin ?

— En voilà une question ! Je ne demande pas ça aux clients ! Allez, filez donc manger des crêpes !

— Un Danois, répéta Uriel à voix basse en refermant la porte derrière eux. Le bateau venait du Danemark. Il y a forcément un lien.

Ils trouvèrent Edgar devant ses poêles et une pile imposante de crêpes chaudes qui parfumaient la pièce.

Edgar était autrichien. Il habitait en Norvège depuis de longues années, et avait travaillé dans de nombreux hôtels et restaurants, mais il avait gardé une façon de parler hachée très amusante.

— Ahhh, content de vous voir ! dit-il avec un sourire radieux en s'essuyant les mains sur son tablier. Vous m'aidez à goûter ?

Sans attendre leur réponse, il posa sur le plan de travail trois assiettes, y étala des crêpes, sortit du congélateur une boîte de glace à la vanille, y puisa plusieurs boules pour chacun et couronna le tout d'un filet de chocolat fondu, avant de lancer : bon appétit !

Les crêpes chaudes faisaient déjà fondre la glace. Les trois amis mangèrent debout, sous le regard plissé d'Edgar retourné à ses poêles.

— Alors, qu'est-ce que vous en dites ? C'est mangeable ?

Leo, la bouche pleine, répondit d'un pouce levé, les filles par de grands hochements de tête.

Une fois leurs assiettes vides, ils retournèrent sur la terrasse. Ego leur adressa un coup d'œil somnolent depuis la rambarde où Uriel l'avait attaché.

— Récapitulons, déclara Leo en s'asseyant dans un fauteuil à bascule.

Les filles s'installèrent en face de lui. Une douce brise apportait un parfum d'herbe et de fleurs venu du parc.

— Dans la nuit d'hier à avant-hier, *Le Mary C* s'est échoué à Steinholmen, et celui qui le pilotait s'est noyé.

— Ça, on ne le sait pas, objecta Cecilia. Tout ce qui est sûr, c'est qu'il y a une épave sur les rochers, et qu'on a retrouvé un mort sur la plage.

— OK, mais admettons que ce soit le cas, reprit Leo. Apparemment, le bateau venait du Danemark, et deux des clients de l'hôtel s'intéressent assez à l'épave pour aller l'inspecter. On dirait qu'ils cherchent quelque chose.

— La nuit suivante, des cambrioleurs pénètrent dans notre abri à bateaux, où tout ce qui se trouvait dans l'épave a été stocké, poursuivit Uriel.

— Exact, confirma Leo. Et le lendemain matin, un nouveau client débarque à l'hôtel, un Danois qui parle au téléphone du *Mary C*. En tout cas, on a toutes les raisons de penser que c'est comme ça qu'Arthur a appris à dire ça.

— Qu'est-c'tu fais làaà ? Arthur. Qu'est-c'tu fais làaà ?

— Ce n'est pas à toi qu'il parlait, Arthur, s'esclaffa Uriel.

— Il y a aussi l'homme aux jumelles, rappela Cecilia. Le type qui se plante du côté d'Ålodden pour observer les choses de loin.

— Bon, conclut Leo. Qu'est-ce que ça signifie, tout ça ?

Cecilia haussa les épaules.

— Tout ce qu'on sait, c'est qu'on ne sait rien, soupira-t-elle.

Leo ouvrit la bouche pour dire quelque chose, mais au même instant Ego se dressa brusquement sur ses pattes en grondant. Tous trois se retournèrent pour voir ce qui avait déclenché cette réaction. Les deux étrangers étaient en train de remonter du ponton.

— Tais-toi, Ego, ordonna Uriel.

Le chien se tut, mais resta debout, les oreilles couchées.

— Vous croyez qu'ils ont compris que c'était nous, à Steinholmen ? murmura Cecilia.

— Et alors ? rétorqua Uriel à voix basse. On a le droit autant qu'eux de se promener là-bas !

— Oui, mais ils se sont peut-être rendu compte qu'on les espionnait...

Les deux hommes venaient d'atteindre le grand escalier de la terrasse. Celui qui s'appelait Ferit marchait devant. Il portait sa veste sur le bras – comme s'il cachait quelque chose en dessous. En passant, il leur jeta un coup d'œil. L'autre regardait droit devant lui. Ses bottes étaient mouillées et pleines de sable.

— Tu as vu ce regard ? murmura Uriel, une fois qu'ils eurent franchi la porte. Glacial.

Oui, fit Cecilia de la tête.

— J'espère qu'ils vont bientôt partir.

CHAPITRE DIX
Zone interdite

Uriel avait découpé l'article de journal consacré au naufrage du *Mary C*, et l'avait épinglé sur le tableau d'affichage où Cecilia gardait tout ce qui était paru dans la presse au moment de la disparition de sa mère. Leo se tenait à côté d'elle, tout près. De temps en temps, Cecilia se demandait s'il avait compris qu'Uriel était une fille. Beaucoup de gens se trompaient. Bien sûr, elle avait un prénom mixte, mais avec les vêtements amples qu'elle portait tout le temps, on pouvait facilement la prendre pour un garçon. Et son visage avait quelque chose de masculin. Un peu carré, avec des taches de rousseur et des cheveux frisés bruns, toujours en bataille. Sa voix, légèrement rauque, comme si elle avait mal à la gorge, n'arrangeait pas les choses. En plus, elle se comportait comme un garçon manqué et avait les mêmes centres d'intérêt que ses frères.

— Vous croyez que la police en sait un peu plus, maintenant ? demanda Leo.

— Ils doivent avoir identifié le mort.

En entendant une portière de voiture claquer devant l'hôtel, Uriel s'approcha de la fenêtre.

— Les voilà qui repartent, dit-elle.

Le front appuyé contre la vitre, elle pointait l'index vers la route. Leo s'approcha et regarda partir les deux étrangers.

— On devrait peut-être dire à la police ce qu'on a découvert, glissa-t-il.

Uriel soupira :

— Qu'est-ce qu'on leur raconterait ? Tout ce qu'on sait, c'est qu'on ne sait rien.

— Vous radotez ça du matin au soir, se plaignit Leo.

— C'est pas de nous, se défendit Cecilia. C'est le Vieux Tim qui dit ça tout le temps, et on s'y est mises aussi.

— Ça ne change rien, rétorqua Leo avec un dernier regard vers la voiture qui emportait les deux hommes.

Mais on devrait peut-être essayer de trouver du nouveau. Tenter de comprendre ce qui se cache derrière toute cette histoire.

— Comment ? fit Uriel.

Leo eut un sourire malin.

— Avec le passe-partout, répondit-il.

— Comment ça ?

— Les deux types sont partis. On pourrait en profiter pour jeter un coup d'œil dans leurs chambres.

Cecilia secoua la tête.

— Non, on ne peut pas faire ça.

— Pourquoi pas ?

— Pourquoi pas ? répéta Cecilia. Mais parce que c'est interdit !

— C'est forcément mal, juste parce que c'est interdit ? lança Leo, provocateur.

— Bien sûr que oui.

— Pas si ça nous permet de découvrir ce qui se passe.

— Ce serait mal quand même.

Leo sourit.

— Ce qui est censé être mal ne l'est pas toujours, affirma-t-il.

— Qu'est-ce que tu racontes ?

— Imagine quelqu'un qui aurait semé de l'herbe quelque part, et planté un écriteau pour qu'on ne la piétine pas, dit Leo. Tout à coup, un gamin tombe dans un bassin un peu plus loin. Il risque de se noyer, mais si tu traverses la pelouse, tu pourras le sauver. Qu'est-ce que tu fais ?

— Ça n'a rien à voir, protesta Cecilia.

— Peut-être pas... Le truc, c'est que tout ce qu'on n'a pas le droit de faire n'est pas nécessairement mal. Tout dépend du résultat. Je sais que ce n'est pas terrible de fouiner dans la chambre des gens, mais si ça peut nous aider à savoir ce que fabriquent ces deux types...

— Tu veux dire qu'il suffit qu'on découvre quelque chose pour que ça passe ?

— Je veux dire que tout ce qui est interdit n'est pas forcément grave s'il en ressort du bon.

Cecilia secoua la tête.

— Si un enfant pauvre vole du pain à un obèse, continua Leo, à ton avis, c'est mal ?

— Non, mais...

— Ce n'est pas mal de voler ?

— C'est mal de fouiller dans les affaires des autres.

— Ça peut aussi être mal de ne pas le faire, intervint Uriel. Qui sait, c'est peut-être le seul moyen de comprendre ce qui se passe ? Et pourquoi un homme a été tué.

— Et si on ne trouve rien ? rétorqua Cecilia.

— Au moins, on aura essayé.

— Et si on nous surprend ?

Leo haussa les épaules :

— Ça ne change rien. Ce sera tout aussi bien, ou tout aussi mal.

— Moi, je crois qu'on devrait tenter, dit Uriel.

Cecilia se laissa convaincre.

— D'accord, à condition que ce ne soit pas moi qui aille chercher la clef !

— Je m'en charge, répondit Leo. Elle est où ?

Elle lui expliqua où était rangé le passe-partout de l'hôtel et les trois amis quittèrent le petit salon. Cinq minutes plus tard, ils se retrouvèrent devant la chambre 108. Celle de Micke Turegen.

Leo glissa la clef dans la serrure, la tourna et poussa la porte. Le silence régnait à l'intérieur. Ils échangèrent des regards, puis Uriel entra la première.

La chambre ressemblait à la plupart des autres de l'hôtel. Les murs blancs étaient décorés de tableaux représentant la baie et les environs. Au centre de la pièce trônait un lit double. Un petit bureau surmonté d'une lampe était installé contre une cloison, et juste à côté, une télévision. Une autre porte donnait sur la salle de bains.

Des bottes mouillées et pleines de sable étaient restées au beau milieu du plancher, sinon la chambre était en ordre. Le lit avait été fait soigneusement. Près de la fenêtre, une valise ouverte renfermait des vêtements bien pliés.

Leo prit le journal posé sur la table de nuit et le montra à Uriel et Cecilia. Il était ouvert à la page de l'article sur le naufrage.

— Qu'est-ce qu'on cherche, en fait ? se demanda Uriel.

— Aucune idée, reconnut Leo. Des papiers, des notes, n'importe quoi.

— Dépêchez-vous, souffla Cecilia, restée près de la porte pour faire le guet.

Uriel ouvrit les tiroirs de la table de chevet. Ils étaient vides, comme ceux du bureau.

Leo s'accroupit près de la valise et commença à examiner son contenu. Deux minutes lui suffirent pour constater qu'il n'y avait rien d'intéressant.

— Allons chez l'autre, dit-il. J'ai l'impression que c'est lui le chef.

Ferit Hiddink occupait la chambre voisine. Elle était identique, mais beaucoup moins ordonnée. Des vêtements étaient abandonnés par terre, d'autres gisaient en travers d'un dossier de chaise.

Ils explorèrent la pièce.

— Il n'y a rien ici qui fasse penser à un voyage d'affaires, observa Leo. Pas de documents, pas un papier. Même pas un ordinateur portable.

— Ils ont peut-être emporté tous ces trucs-là à un rendez-vous, suggéra Uriel.

— Ils n'avaient rien dans les mains en partant.

— Chut ! fit Cecilia. Je crois qu'il y a quelqu'un dans le couloir.

Ils se figèrent tous les trois. Des voix résonnaient distinctement. À travers la cloison, ce n'était qu'un murmure, mais quelqu'un s'était arrêté juste devant la porte. On aurait dit deux personnes qui bavardaient avant de se séparer, de rentrer chacune dans sa chambre.

Cecilia s'était plaquée contre la porte. Elle sentit son cœur s'affoler et sa gorge se dessécher.

Leo jeta un coup d'œil à Uriel, qui se tenait près de la fenêtre. Ils étaient au rez-de-chaussée, ils auraient très bien pu sauter dans le jardin… Mais Uriel secoua la tête :

— On risque de tomber sur ta mère, elle est en train de parler avec les deux vieux.

— Alors sous le lit ! lança Leo.

En effet, le sommier était assez large pour qu'ils puissent se cacher là-dessous tous les trois. Leo rampait déjà quand Cecilia chuchota depuis la porte :

— Je crois qu'ils s'éloignent.

Ils restèrent immobiles trente secondes encore, puis Cecilia écouta, l'oreille collée à la porte, avant d'annoncer :

— Ouf, ils sont partis.

— Alors filons, dit Uriel.

— Attendez un peu ! protesta Leo.

Il sortit de sous le lit, avec à la main un sac en plastique blanc renfermant un objet carré.

— Qu'est-ce que c'est ? demanda Uriel.

— Je ne sais pas, répondit-il en posant le sac sur le lit. C'était planqué entre les lattes et le matelas.

Il ouvrit le sac et en sortit une grande enveloppe marron.

Les trois amis se regardèrent. L'enveloppe était fermée, mais il y avait un petit interstice dans un angle. Leo écarta les deux faces de l'enveloppe et glissa un œil à l'intérieur.

— De l'argent ! s'écria-t-il. Des liasses de fric !

CHAPITRE ONZE
Une arrivée tardive

— Il y avait combien d'argent, tu crois ?

La question venait d'Uriel. Ils avaient remis à sa place, sous le lit de la chambre 109, l'enveloppe et l'argent qu'elle contenait, avant de ressortir discrètement de la pièce. Ils discutaient à présent à voix basse, assis sur l'herbe sous le grand chêne du parc.

— Ça m'avait l'air d'être des billets de mille, répondit Leo. Je dirais qu'il y avait huit liasses.

— Avec combien de billets dans chaque ?

— Au moins cent.

— Huit cent mille[1]...

1. Environ 80 000 euros.

— À votre avis, c'est ça que les deux types cherchaient ? demanda Uriel. Ils auraient trouvé l'enveloppe et l'auraient cachée sous le lit ?

— L'un d'eux transportait quelque chose sous sa veste, tout à l'heure, quand ils sont passés devant nous.

Leo s'assit, adossé au tronc d'arbre. Les rayons du soleil traversaient les feuillages encore clairs et lui dessinaient des ombres dansantes sur le visage.

— Dans ce cas, ils auraient pris l'argent et se seraient tirés, non ? estima-t-il. Au lieu de le planquer sous un lit...

— Mais ça a forcément un rapport avec le naufrage, dit Uriel.

— Ce qui est bizarre, c'est que c'était des couronnes norvégiennes alors que le bateau venait du Danemark, ajouta Leo.

Un bruit tonitruant dans l'allée vint interrompre la conversation. Ils se retournèrent et Ego se redressa en grognant. Au détour du virage apparut une grosse moto qui se dirigeait vers l'hôtel.

Ils se levèrent, intrigués.

— Qui ça peut être ? lança Cecilia.

La moto s'arrêta devant l'entrée principale. Le conducteur et son passager en descendirent et ôtèrent leurs casques.

C'étaient un homme et une femme, constatèrent les trois amis. Celle-ci agita ses longs cheveux blonds que le casque avait retenus prisonniers, en se regardant dans le rétroviseur de la moto. Puis ils échangèrent quelques mots et elle monta l'escalier.

L'homme partit dans la direction opposée. Il fit quelques pas sur la pelouse et s'arrêta face à la mer. Il portait un pantalon et une veste en cuir, un petit foulard bleu autour du cou et des lunettes de soleil. Il ouvrit son blouson et sortit un paquet de cigarettes de sa poche intérieure.

Ego se remit à grogner. Cecilia, Uriel et Leo échangèrent un regard.

Le motard prit une cigarette et la fourra dans sa bouche. Puis il sortit un briquet de sa poche et l'alluma. Il inspira, se mit aussitôt à tousser. Une expression crispée passa sur son visage, comme s'il avait mal.

Le chien aboya.

L'homme se tourna vers eux. Il resta un instant là, à les regarder, sans bouger, avant de tirer de nouveau sur sa cigarette et d'approcher en toussotant, d'un air décidé.

— Il est beau, ce chien, dit-il en se baissant. Il s'appelle comment ?

— Ego, répondit Uriel.

— Pas mal, comme nom.

Il pinça sa cigarette entre ses lèvres pour gratter la tête de l'animal.

— C'est parce qu'il est égoïste, expliqua Uriel. Il ne fait que ce qu'il veut.

L'homme rit en expirant sa fumée par les narines. Ego recula et recommença à grogner.

— Il n'aime pas que les gens fument, s'excusa Uriel.

— Désolé, répondit l'homme en éteignant sa cigarette entre le pouce et l'index. C'est un croisé ?

— Oui, fit-elle, on ne sait pas trop de quelles races, mais il paraît que le père était un chien policier.

L'homme rit de nouveau en jetant son mégot.

— Vous logez à l'hôtel ? demanda-t-il.

— Pas moi, répondit Uriel, mais eux oui.

Et elle montra Leo et Cecilia.

— Depuis longtemps ?

Manifestement, il les prenait pour des clients.

— On y est tout le temps, lui expliqua Cecilia. Mon père est le propriétaire.

— Et ma mère, c'est la gérante, ajouta Leo.

— Je vois, dit l'homme. Moi, c'est la première fois que je viens ici. Ma copine et moi, on va rester quelques jours. Il est temps que j'aille l'aider à installer nos affaires, mais on se recroisera sûrement.

Il retourna à sa moto et en décrocha ses bagages avant d'entrer.

— Vous avez vu ? souffla Leo.

— Quoi ?

— Sa cigarette.

Et il se pencha pour ramasser le mégot.

— Ben quoi ?

— Marlboro, dit-il. La même marque que celui qu'on a trouvé à côté du phare.

Uriel tira sur la laisse d'Ego.

— Je me demande ce qu'il vient faire ici, dit-elle en regardant fixement l'hôtel.

CHAPITRE DOUZE
Un ciel rouge

Cecilia sortit un bout de papier de la poche de son pantalon, et se rassit sous le chêne.

— Ils logent dans la chambre 209, dit-elle en levant les yeux vers l'hôtel. C'est celle qui est à l'angle.

Elle était passée à la réception imprimer la nouvelle liste des clients.

— Ils s'appellent Morten Ravn et Irene Ludvigsen.

— Il y a d'autres infos ?

— Juste qu'ils viennent d'Oslo.

— Ils avaient réservé ?

— Ça, c'est jamais marqué.

Cecilia s'allongea dans l'herbe en s'appuyant sur les coudes. Le soleil, qui était en train de se coucher, colorait le ciel de rouge. Un vent léger venu de la baie soufflait sur l'hôtel. De la musique s'échappait de la baraque au bord de l'eau où habitait Christian Lasson.

C'était un peintre qui s'était installé là avant que Cecilia et ses parents reprennent l'hôtel. On parlait souvent de lui dans les médias. Même si certaines de ses œuvres avaient été vendues des milliers de couronnes, il n'avait pas l'air riche. Il avait une vieille voiture, et portait le plus souvent une blouse d'artiste tout usée. Son seul luxe, c'était qu'il mangeait à l'hôtel. Au dîner comme au déjeuner, qui lui servait aussi sans doute de petit-déjeuner, soupçonnait Cecilia. La lumière brillait toujours tard dans la nuit, à la fenêtre de son atelier.

— Pssst ! fit soudain Leo, avec un hochement de tête vers l'hôtel. Regardez !

Elles se retournèrent. Un homme se tenait en haut de l'escalier. Un type grand et costaud, au ventre débordant. Il était vêtu d'un tee-shirt noir, et affublé d'une queue-de-cheval brune et d'une barbe mal peignée.

— C'est qui ? demanda Uriel.

— Aucune idée.

Ego releva mollement la tête, puis se recoucha.

Après avoir chaussé une paire de lunettes de soleil, l'homme commença à descendre les marches. Soudain, une sonnerie de téléphone retentit. Il glissa la main dans sa poche et en sortit son portable. Son biceps se gonfla lorsqu'il porta l'appareil à son oreille.

Sans prévenir, Leo se leva et se dirigea vers lui.

— Qu'est-ce que tu fais ? murmura Cecilia.

Il lui fit signe de se taire. Une fois à deux mètres de l'inconnu, il s'accroupit et refit ses lacets. Puis il monta l'escalier et entra dans l'hôtel.

L'homme corpulent avançait tout en discutant au téléphone. Quand Cecilia et Uriel se levèrent à leur tour, Leo apparut dans l'embrasure de la porte et leur fit signe de venir.

— Ça doit être le Danois de la chambre 213, leur dit-il dès qu'elles l'eurent rejoint.

— Comment tu le sais ?

— Je l'ai entendu parler, et je n'ai pas compris grand-chose à ce qu'il disait. Mais ce n'est pas ça, le plus intéressant.

— Comment ça ?

— Son tatouage. Il avait une salamandre sur le bras, comme le mort de la plage.

Bouche bée, Cecilia resta sans voix. Tout ce qu'elle sentit, c'était un frisson dans le dos.

— Et il y avait un numéro ? demanda Uriel.

Leo opina :

— Un quatre.

— Quatre ! Ça veut dire qu'il y en a encore plus. En tout cas, il nous manque les numéros un et trois.

Cecilia s'appuya à la balustrade de la terrasse et suivit le Danois du regard. Il descendait vers le rivage. Lorsque Christian Lasson sortit de sa maison, l'homme changea de direction pour aller vers lui. Tous deux s'arrêtèrent devant le tableau d'affichage, en haut de la plage. Le Danois eut l'air de demander quelque chose au peintre, qui se tourna et pointa le doigt vers le sable, puis vers la mer.

— Ils parlent de l'épave et du mort, devina Leo.

— Peut-être, dit Cecilia.

Christian Lasson s'écarta d'un pas, et continua de parler en remuant les mains. Le Danois opina puis ils partirent, chacun de son côté.

— Filons-le ! lança Leo.

— Quoi ?

— Suivons-le pour savoir où il va.

— C'est vraiment une bonne idée ?

Leo se figea, l'air étonné.

— Qu'est-ce qui vous prend ?

— Quelqu'un a été tué à cause d'une affaire mystérieuse, leur rappela Cecilia. Il ne vaut mieux pas prendre le risque que quelqu'un comprenne ce qu'on fabrique.

— Ce qu'on fabrique ?

— Qu'on mène notre enquête.

— Alors partons faire un tour, soupira Leo. Ça, personne ne peut nous en empêcher, même s'il se trouve qu'on se promène du côté de ce Danois.

Et il se mit en marche, son imposant appareil photo se balançant à sa hanche.

— On n'a qu'à faire semblant d'aller chez Uriel, reprit-il. Puisqu'il va par là-bas.

Voyant Uriel le suivre avec Ego, Cecilia abandonna et leur emboîta le pas. Le type bizarre remonta le sentier qui longeait la plage, puis tourna vers la jetée. On aurait dit qu'il se rendait chez Uriel. Leo sortit du chemin, se faufila dans d'épaisses broussailles et se coucha par terre, derrière une petite butte.

— Mais... protesta Cecilia tout en l'imitant.

— Chut ! fit Leo, et il l'attrapa pour l'attirer dans l'herbe, près de lui. Il ne faut pas qu'il nous remarque, chuchota-t-il.

Puis il se tourna vers Uriel, qui s'était cachée un peu plus loin.

— Tu peux te débrouiller pour qu'Ego reste tranquille ?

Elle opina et approcha en rampant pour mieux voir.

Le Danois avait atteint la jetée. Il jeta un regard aux alentours, avant d'aller vers l'abri à bateaux où le père d'Uriel gardait son matériel de pêche. La lumière rouge pailletée d'or du soleil couchant se reflétait dans les carreaux des fenêtres. Depuis l'intrusion des cambrioleurs, on avait réparé la porte et fixé un solide cadenas au chambranle.

L'homme se planta devant la porte, et se saisit du cadenas. Il resta là un instant, à le soupeser dans sa main, avant de le relâcher.

Leo leva son appareil pour le prendre en photo à travers les broussailles.

Soudain, Ego commença à grogner.

— Chut, murmura Uriel, essayant en vain de le calmer.

Le chien se dressa sur ses pattes, le museau à terre. Une odeur écœurante de tabac les envahit tous.

Depuis leur cachette, ils virent ce à quoi le chien avait réagi. Le motard se tenait à une dizaine de mètres. Il était arrivé sans bruit et ne semblait pas les avoir remarqués, car il avait les yeux braqués sur le Danois. Dès que celui-ci rebroussa chemin, il jeta sa cigarette, l'écrasa et s'enfuit. Lui aussi ne voulait pas être vu, c'était évident.

CHAPITRE TREIZE
Un couple de cœur

Ils attendirent que le Danois ait disparu pour sortir de leur cachette.

— Intéressant, marmonna Leo en se levant.

— Qu'est-ce qu'il voulait faire dans l'abri à bateaux ? se demanda Uriel.

— Sans doute la même chose que celui ou ceux qui ont forcé la porte, l'autre jour, imagina Leo. La question, c'est surtout pourquoi le motard l'a suivi.

— Peut-être pour les mêmes raisons que nous, répondit Cecilia. Maintenant, il faut y aller.

Ils se frayèrent un chemin entre les broussailles et regagnèrent le sentier. Leo ramassa le mégot que le motard avait laissé derrière lui.

— Marlboro, dit-il. Quel que soit le nœud de cette affaire, il y a beaucoup d'argent et de gens impliqués.

— Il est peut-être temps d'en parler aux adultes, suggéra Cecilia.

— Mais on ne peut pas ! protesta Leo. Personne ne doit savoir, pour l'argent. Ils comprendraient qu'on s'est introduits dans les chambres des étrangers.

— Je dois rentrer, annonça Uriel tout à coup en tirant sur la laisse d'Ego. À demain !

Les trois amis se séparèrent. En approchant de l'hôtel, Cecilia et Leo aperçurent le motard et sa copine en train de discuter dehors. Lui avait le dos tourné, mais elle, face à eux, fit un geste du menton dans leur direction. Le motard se retourna et afficha un sourire. Puis il passa le bras sur les épaules de la fille, lui souffla quelque chose à l'oreille et enfourcha sa moto. Le moteur démarra en grondant. Elle lui tendit un casque et passa le sien avant de s'asseoir à l'arrière. Et ils s'en allèrent.

Dès que Cecilia et Leo franchirent le seuil de l'hôtel, le père de Cecilia lui lança depuis la réception :

— Tu peux monter un oreiller, chambre 209 ?

Sans attendre, il posa la clef sur le comptoir.

— C'est la chambre de qui ?

— Celle du couple qui vient de partir à moto, là. Ils vont passer deux nuits chez nous et la fille m'a demandé un oreiller supplémentaire.

— Je t'accompagne, déclara Leo, et il s'empara de la clef.

— Parfait, dit le père de Cecilia avant de reporter son attention sur l'écran de son ordinateur.

Alors qu'ils s'éloignaient de la réception, Leo chuchota :

— C'est l'occasion parfaite.

— Interdiction de fouiller, le prévint Cecilia.

— Juste regarder, insista Leo.

Elle fit halte devant le cagibi où était stocké le linge de lit.

— Je veux pas faire ça, reprit-elle en entrant dans la petite pièce.

— Mais on nous ouvre en grand leur chambre ! Jeter un œil ne fera de mal à personne.

Cecilia soupira, attrapa un oreiller et une taie.

— Et qu'est-ce que tu vas trouver, tu crois, hein ?

Leo pressa le pas dans le couloir.

— Aucune idée. Mais la dernière fois, ça a valu le coup.

Il s'arrêta devant la porte 209 et glissa la clef dans la serrure.

La chambre était plus grande que la moyenne, mais les pensionnaires avaient dû la réaménager. Les lits avaient été séparés, chacun poussé contre un mur, et les fauteuils, d'habitude installés devant la porte du balcon, trônaient au milieu de la pièce. Sur la table ronde étaient posées des jumelles, à côté d'un jeu de cartes éparpillées, dont deux côté face : la dame et le valet de cœur.

Leo se saisit des jumelles.

— C'est lui ! s'exclama-t-il. L'homme aux jumelles. Il fume des Marlboro, regarde-moi-ça !

— Remets-les !

Il obéit, sortit son portable et prit une photo.

Cecilia passa la taie sur l'oreiller. À voir la chemise de nuit laissée au bout du lit de gauche, et le magazine féminin sur la table de chevet, ce devait être celui de la femme. Elle y posa l'oreiller et s'apprêta à sortir, mais s'immobilisa soudain et se retourna. Sous le magazine, il y avait une feuille avec un dessin qu'on ne voyait qu'en partie. Elle leva la revue. Une salamandre.

— Leo !

Leo, à quatre pattes, était occupé à regarder sous l'autre lit. Il s'approcha, Cecilia lui montra le dessin.

— Incroyable… murmura-t-il.

Ce n'était peut-être qu'une coïncidence, mais la salamandre crayonnée là avait la même forme que l'animal tatoué sur le bras du mort. On aurait dit la copie parfaite du tatouage.

Leo ressortit son iPhone pour prendre une photo du dessin, puis Cecilia veilla à le remettre bien à sa place.

— Il faut qu'on y aille, dit-elle.

— Deux secondes, fit Leo.

Tandis qu'il ouvrait les tiroirs du bureau, Cecilia balaya la pièce du regard. « Il y a quelque chose qui cloche », pensa-t-elle. Elle avait le sentiment que quelque chose dans cette chambre n'allait pas, sans parvenir à savoir quoi.

— Fermée, constata Leo, en remettant la valise qu'il avait trouvée sous le lit de la femme.

— Allons-y, répéta Cecilia. Quelqu'un pourrait arriver.

— D'accord, conclut Leo en observant la table de chevet avec le dessin. Mais il y a forcément un lien entre les gens de cette chambre, le Danois de la 213 et le mort.

Avant de claquer la porte, Cecilia jeta un dernier coup d'œil dans la pièce. Elle était certaine que quelque chose ne collait pas, mais n'arrivait pas à mettre le doigt dessus.

CHAPITRE QUATORZE
Le calme avant la tempête

Les deux retraités qui, jeunes mariés, avaient déjà séjourné à l'hôtel, quittèrent la salle du petit-déjeuner en dernier. Ils n'avaient pas l'air de vouloir s'en aller et étaient restés longuement discuter avec Cecilia. C'était leur dernier jour, ils avaient passé un merveilleux séjour et promis de revenir l'année prochaine. Puis ils s'étaient embrassés sur la joue et étaient partis, main dans la main, vers la réception.

Dehors, le Vieux Tim approchait de l'entrée, s'appuyant lourdement sur sa canne à chaque marche du perron. Cecilia sortit à sa rencontre.

— Vous voulez un café ? Je suis en train de débarrasser les tables du petit-déjeuner.

— Avec plaisir, répondit-il.

Elle retourna à l'intérieur, posa deux viennoiseries sur une assiette et remplit une tasse de café. Puis elle apporta le tout au vieil homme qui s'était installé à la table accolée à la cage d'Arthur. Il la remercia et but une première gorgée, les yeux plissés vers la mer.

— Il y a de la tempête dans l'air, observa-t-il, songeur.

Cecilia porta son regard vers le large. L'eau était d'azur et le ciel sans nuage. Elle ne fit pas de commentaire sur la météo, mais se retira en s'excusant :

— Je dois me changer.

Une fois de retour, elle trouva Uriel et Leo en compagnie de l'ancien matelot. Son assiette était vide, mais il avait encore du café.

— Il faut qu'on s'occupe de l'épave avant que la mer la reprenne.

— Comment vous savez qu'il va y avoir une tempête ?

— Plein de petites choses, répondit-il en portant la tasse à sa bouche. C'est ça qui donne toujours la réponse. Les détails.

— Comme quoi ?

Le Vieux Tim reposa sa tasse.

— Cette araignée, par exemple, dit-il, l'index pointé sur la balustrade de la terrasse.

Les restes d'une toile pendaient entre deux barreaux, et une araignée se tenait à côté, immobile.

— Si la bestiole file énergiquement sa toile, c'est qu'il va faire beau, elle se prépare à capturer de belles proies. Mais si elle se fiche de la raccommoder, c'est qu'elle sent que la pluie va bientôt la détruire.

Comme effarouchée par leurs regards, l'araignée se faufila dans une crevasse.

— Et puis, il y a les hirondelles, poursuivit le vieil homme, levant les yeux sur la terrasse de l'hôtel.

Quelques oiseaux noirs passaient en flèche au-dessus du sol.

— Elles volent bas. Ça veut dire qu'il va pleuvoir.

Cecilia en regarda une fendre l'air avec sa queue en forme de ciseaux, puis plonger à pic vers la pelouse. Le Vieux Tim sortit sa pipe de la poche de son pantalon et commença à la bourrer de tabac.

— Vous voyez le cercle autour du soleil ? reprit-il.

Cecilia leva la tête, la main en visière, pour se protéger de la lumière éblouissante. Un halo laiteux apparaissait dans le ciel.

— C'est le signe que le temps va changer. D'ailleurs, le vent a déjà tourné. On a un vent de mer plein est, là.

— Un vent de mer ?

— Vous ne sentez pas cette odeur de sel ? demanda-t-il, le nez dressé en l'air.

Les trois complices imitèrent le vieil homme. En effet, des gouttelettes d'eau salée étaient portées par la brise.

— Comment vous savez tout ça ? s'étonna Leo.

Le matelot lâcha un rire et sortit une petite boîte d'allumettes.

— Je ne sais pas grand-chose, répondit-il en allumant sa pipe.

— C'est ce que disent Uriel et Cecilia, soupira Leo. À croire que vous êtes tous idiots !

— Mais non, mais non, rétorqua Tim avec un sourire. Celui qui a conscience de ne rien savoir est sans doute le plus futé d'entre nous.

Leo haussa les épaules, il n'y comprenait rien.

— Ce n'est pas de moi, expliqua le vieil homme. Mais de Socrate.

— Socrate ?

Il tira sur sa pipe et cracha un gros nuage de fumée.

— C'est quelqu'un qui vivait à Athènes il y a presque deux mille cinq cents ans, et qui a passé une bonne partie de sa vie à parcourir les rues pour discuter avec les gens, commença-t-il. Il avait une drôle d'allure, avec ses yeux globuleux, son gros nez granuleux et sa longue barbe. Il était toujours pieds nus, qu'il vente ou qu'il neige. Mais il se fichait de son apparence. Ce qui comptait pour lui, c'était de faire réfléchir les gens.

— Tout le monde réfléchit, non ?

— Si, mais Socrate était philosophe, il voulait que les gens se creusent vraiment la tête.

— C'est quoi, un philosophe ?

Le Vieux Tim leur adressa un regard au-dessus de sa pipe.

— Quelqu'un qui essaie de trouver de nouvelles idées, répondit-il. Des choses auxquelles personne n'a encore songé. En grec, « philosophe », ça veut dire « qui aime la sagesse ». Socrate était sans doute l'homme le plus intelligent de toute la Grèce, mais quand il discutait avec les passants, il faisait mine d'être un peu bête. Et lorsqu'il les interrogeait, les gens étaient obligés de réfléchir. Comme ça, il arrivait à leur faire comprendre ce qu'ils pensaient réellement, et il les aidait à trouver la réponse à ce qu'ils ne savaient même pas se demander.

— Quel genre de chose ? s'enquit Leo.

— Le bien et le mal, ce qu'on considère comme une bonne et une mauvaise action. Il voulait que les gens se comportent comme il faut, qu'ils se montrent justes, et il partait du principe que les gens feraient le bien s'ils savaient ce que c'était.

— Mais tout le monde sait ce qui est bien et mal, non ?

Le matelot retira sa pipe du coin de la bouche et laissa son regard se perdre à l'horizon. Un cargo glissait vers l'ouest.

— Ce n'est pas toujours si facile, dit-il.

Il marqua une longue pause avant de reprendre :

— Imaginez qu'un bateau soit en train de faire naufrage, et que huit hommes se retrouvent sur un canot de sauvetage qui risque de couler à tout moment parce qu'il est surchargé. Qu'est-ce qui est bien ou mal : en jeter un par-dessus bord pour que les sept autres survivent, ou laisser tout le groupe se noyer ?

— Il faut sacrifier quelqu'un, affirma Uriel.

Le Vieux Tim hocha la tête.

— Peut-être, mais qui ? répliqua-t-il en mordillant le bout de sa pipe. Le capitaine ou le commis de cuisine ? La vie de qui vaut le plus ? Qui mérite de survivre ? Et qui doit mourir ?

Aucun d'eux ne le savait. Cecilia, vissée sur sa chaise, dévisageait le vieux loup de mer. Il avait le regard tendre, mais la peau ridée, pleine de marques qui montraient qu'il avait vécu bien des choses. Elle s'apprêtait à lui demander s'il avait déjà fait naufrage quand le couple de motards sortit de l'hôtel. L'homme en tête, puis la femme, quelques mètres en arrière. Elle lisait le journal. Un instant plus tard apparurent les deux retraités, bras dessus bras dessous, tirant chacun sa valise.

Le motard alluma une cigarette et contourna le bâtiment, pendant que sa copine s'installait à l'une des tables de la terrasse avec son journal. Les retraités descendirent jusqu'au parking. Le monsieur ouvrit la voiture et mit dans le coffre la valise de sa femme, puis la sienne.

La veille, quand Cecilia avait apporté l'oreiller dans la chambre, elle n'avait pas su ce qui la gênait ; subitement elle eut un éclair. Les lits. D'habitude, ils étaient collés pour en faire un grand, mais le couple de la 209 les avait séparés le plus possible.

Il y avait quelque chose de faux, chez eux. Comme s'ils faisaient semblant d'être un couple en vacances, alors qu'ils étaient là pour une raison différente.

CHAPITRE QUINZE
Le quiz

Le Vieux Tim descendit de la terrasse de l'hôtel en s'appuyant à sa canne. Une fois en bas, il s'arrêta sous le grand chêne pour rallumer sa pipe. Cecilia raconta tout bas aux autres ce qu'elle venait de comprendre sur les motards.

— Ce n'est pas parce qu'ils ne dorment pas dans le même lit qu'ils ne sont pas ensemble, fit remarquer Uriel. Regarde mon oncle et ma tante : ils ont chacun leur chambre.

— Ton oncle ronfle…

Le Vieux Tim se remit en marche à travers le parc, sa pipe en bouche.

— D'accord, fit Leo. Mais qu'est-ce que ça voudrait dire ? Pourquoi ils se feraient passer pour d'autres ?

Cecilia haussa les épaules.

— Il n'y a qu'un moyen de le savoir, déclara Leo en se levant.

— Tu vas où ?

— Faire comme Socrate, répondit-il avec un clin d'œil, et il se dirigea vers la table où était installée la motarde.

— Bonjour, la salua-t-il haut et fort pour que les autres l'entendent de loin.

La femme leva le nez de son journal et lui adressa un sourire.

— C'est votre premier séjour ici ?

Elle opina.

— Oui, et certainement pas le dernier. J'aime la mer.

Leo prit place sur la chaise en face.

— Vous venez d'où ?

— D'Oslo.

— De quel quartier ?

— Ellingsrud. Pourquoi ? Tu es d'Oslo, toi aussi ?

Il secoua la tête.

— J'ai vécu à plein d'endroits. D'ailleurs, vous habitez dans un appartement ou une maison ?

— Une petite maison.

La femme referma son journal, l'air de vouloir en finir.

— Ça doit faire du bien de passer ses vacances ici, enchaîna Leo. Vous faites quoi dans la vie ?

— Je travaille dans l'informatique, répondit-elle en se levant. Heureuse d'avoir fait ta connaissance.

Leo attendit qu'elle rentre dans l'hôtel pour rejoindre les autres.

— À quoi tu joues ? lança Cecilia. Tu crois vraiment que si c'était une espionne, elle te l'aurait dit ?

— Tout ce qu'on sait, c'est qu'on ne sait rien, pas vrai ? répliqua Leo.

— Ça ne nous aide pas, marmonna Uriel.

— Attendez voir, fit Leo avec un mouvement de tête vers le motard qui revenait vers l'entrée du bâtiment.

— Bonjour, leur dit-il en passant devant eux.

Les filles le saluèrent en retour, et Leo se leva.

— C'est quoi, votre moto ? demanda-t-il.

— Une Harley-Davidson® modèle Road King, répondit l'homme en se tournant vers le parking. Elle te plaît ?

— Trop, répondit Leo. Vous l'avez depuis longtemps ?

— Quelques années.

— C'est la première fois que vous venez dans le coin ?

— Oui, et c'est parfait pour la moto, par ici. Des routes sinueuses et de beaux paysages.

— Vous venez d'où ?

— D'Oslo.

— Mais vous habitez dans un appartement ?

L'homme fronça les sourcils.

— Qu'est-ce que ça peut te faire ?

— Je me demandais juste si vous aviez un garage. Ce n'est pas le genre de moto qu'on a envie de laisser dans la rue.

L'homme esquissa un sourire.

— Très juste. On habite dans un vieil immeuble avec un garage.

Cecilia, qui comprenait maintenant où Leo voulait en venir, intervint :

— Ça doit être pratique d'aller au travail à moto. Avec les bouchons et tout, je veux dire.

— C'est vrai, acquiesça l'homme.

— Vous faites quoi comme métier ? demanda Uriel.

Elle aussi avait compris le but de toutes ces questions.

L'homme sortit un trousseau de clefs de sa poche et se mit à le tripoter.

— C’est quoi, cet interrogatoire ? dit-il en ricanant. Un quiz ?

Leo rit à son tour.

— Peut-être, mais sans vainqueur.

— Je bosse dans un bureau, répondit l’homme d’un ton bref. Allez, il faut que je vous laisse.

— Et votre copine, elle travaille aussi dans un bureau ? s’empressa de demander Cecilia.

— Hein ?

Elle répéta.

— Non, mais elle m’attend, là, justement. C’était sympa de papoter avec vous.

Une fois que le motard fut assez loin, Cecilia murmura :

— Qu’est-ce que je disais ? En vrai, ils ne sont pas ensemble.

— Les détails, souligna Leo. C’est ce qu’a expliqué le Vieux Tim. La réponse se trouve toujours dans les petites choses. Visiblement, ils se sont mis d’accord sur une histoire, sur le fait qu’ils venaient d’Oslo et tout, mais pas grand-chose de plus. La femme prétend qu’ils habitent dans une maison, lui dans un immeuble.

— Et quand tu lui as demandé ce qu’elle faisait, il s’est dépêché de s’en aller, ajouta Cecilia. Comme s’il ne savait pas.

— *Morten Ravn et Irene Ludvigsen*, articula lentement Uriel. Ce ne sont sans doute pas leurs vrais noms.

— Qui que soient ces gens, conclut Cecilia en baissant encore d'un ton, ils ne veulent pas qu'on le sache.

CHAPITRE SEIZE
Eaux profondes

Le Vieux Tim semblait s'être trompé sur la météo. Le soleil n'avait pas encore atteint son zénith que la journée était déjà chaude – plus que jamais cet été-là.

Les trois amis s'allongèrent dans les hautes herbes, pensifs, les yeux clos sous les rayons éclatants. Le bruissement de la mer se mêlait au bourdon des abeilles et des guêpes qui planaient entre les rosiers plantés contre le mur de l'hôtel. Les voilages accrochés aux fenêtres ouvertes donnant sur la terrasse ondulaient dans la brise.

Cecilia avait pris son carnet de croquis et sa trousse à fusains. Elle commença à esquisser le corps allongé, les petites pattes et la queue recourbée d'une salamandre. Au fur et à mesure de ses coups de crayon, le dessin se mit à ressembler à celui qu'ils avaient trouvé sur la table de chevet de la chambre 209. Leo se pencha sur elle et examina le résultat.

— Où est-ce que tu as appris à dessiner ? lui demanda-t-il.

Cecilia mordilla le bout de son fusain.

— C'est ma mère qui m'a appris.

Leo hocha la tête et la regarda peaufiner le tout, avec des ombres et des petits détails.

— « La salamandre, déclara-t-il d'un ton journalistique. Un animal nocturne au sang froid. Vit caché le jour, dans des zones fraîches et ombragées qu'il quitte la nuit. »

Cecilia sourit et reposa son carnet.

— Au fait, dit soudain Uriel, ce n'est pas sûr que l'affaire de l'abri à bateaux ait un rapport avec le naufrage, et tout le reste.

Leo sursauta.

— Comment ça ?

— Plusieurs maisons de vacances ont été cambriolées à Sandvika. C'est mon père qui me l'a raconté.

— Sandvika ? C'est où ?

Cecilia pointa le doigt vers chez Uriel.

— Par là-bas, indiqua-t-elle.

— Et rien n'a été volé nulle part, reprit Uriel. Les cambrioleurs ont juste mis le bazar.

— Je vois, fit Leo. En tout cas, quelque chose se trame.

— On peut arrêter d'y penser un peu ? gémit Cecilia. Aller se baigner ou je ne sais quoi ?

Leo se leva d'un bond.

— Oh oui ! C'est où, le meilleur coin pour piquer une tête, par ici ?

— Bratten, répondirent Cecilia et Uriel en chœur.

À Skutebukta, il n'y avait pas mieux pour se baigner que cette dalle rocheuse à l'ouest de la baie, d'où l'on pouvait plonger dans les profondeurs et atteindre une plage de sable en quelques brasses. Les trois complices se donnèrent rendez-vous là-bas, dès qu'ils se seraient changés.

Leo fut le premier à l'eau. Il se jeta comme une bombe dans l'eau délicieuse et transparente. Puis Cecilia plongea à son tour.

Uriel, elle, resta sur les rochers avec Ego. Elle n'avait pas enfilé son maillot de bain.

— Allez ! l'encouragea Leo.

Le chien semblait d'accord avec lui. Il aboyait, tirait sur sa laisse. Sa maîtresse le libéra et le laissa s'élancer vers la plage puis dans la mer, avant de sauter tout habillée et de rejoindre les autres.

— C'est le capitaine qu'il faut jeter par-dessus bord, dit-elle.

— Le capitaine ?

— Sur le canot de sauvetage de Tim. Le capitaine est sans doute plus gros que le commis de cuisine, donc plus lourd.

— À moins de balancer le plus vieux, répondit Leo. Celui qui a déjà vécu longtemps.

— C'est certainement aussi le capitaine.

— Moi, je pense qu'il faut tirer à la courte paille, intervint Cecilia. Ce serait ça, le plus juste.

Soudain, Leo éclaboussa Uriel.

— Vous croyez qu'il était sur le canot ? demanda-t-il.

— Qui ça ?

— Le Vieux Tim. C'était l'un des huit naufragés, à votre avis ?

Personne n'avait la réponse. Tout ce qu'ils savaient, c'était que l'ancien matelot avait connu des choses plus bizarres les unes que les autres, et qu'il en parlait rarement.

Cecilia plongea sous la surface et nagea jusqu'à ce qu'elle ait les yeux qui piquent et besoin de reprendre une bouffée d'air.

— J'ai réfléchi à ce qu'il nous a raconté sur Socrate, dit-elle en gagnant le rivage.

— À quoi ? demanda Leo qui pataugeait dans son sillage.

— Au bien et au mal, répondit-elle, et elle se coucha sur le sable. Au fait qu'à partir du moment où les gens savent faire la différence entre les deux, ils se comportent comme il le faut. Je ne crois pas que ce soit aussi simple.

Leo s'allongea à côté d'elle.

— Comment ça ?

— Par exemple, le Vieux Tim est forcément au courant que c'est mauvais de fumer, qu'il risque d'en mourir et tout. Ça ne l'empêche pas de continuer.

— Sans parler de ceux qui vendent des cigarettes, ajouta Leo. Ils savent que c'est mal, mais ça leur fait gagner de l'argent.

Au bord de l'eau, Uriel et son chien s'amusaient à se disputer un bâton. Elle finit par renoncer et rejoindre les autres. Avec la baignade, ses cheveux frisés étaient devenus tout lisses. Ses taches de rousseur dessinaient une sorte de carte sur son visage, des chemins et des sentiers dorés qui s'entortillaient entre son oreille et son cou, autour des yeux et de la bouche. Son tee-shirt lui collait à la peau. Leo la fixa un instant avant de détourner le regard. Il venait de se rendre compte qu'elle avait tout d'une fille, comprit Cecilia.

Uriel passa une serviette sur ses épaules, puis s'allongea. Ego ne tarda pas à se planter devant eux et à se secouer pour se sécher.

— Eeehh, protesta Leo.

L'animal poussa un aboiement, se retourna et commença à longer le rivage, la truffe au sol.

— Ego ! l'appela Uriel. Au pied !

Mais il avançait d'un pas déterminé, l'air de suivre une piste.

— Ça ne sert à rien de hurler, glousse Cecilia. Ego a un caractère de chien.

Uriel se leva. Au même instant, l'animal s'immobilisa, la queue battante, et se mit à aboyer fort. Cecilia et Leo suivirent leur amie pour voir ce qui se passait.

Le chien avait trouvé un portefeuille en cuir noir à moitié enfoui dans le sable.

Uriel ramassa l'objet dégoulinant d'eau de mer. Les deux autres la regardèrent l'ouvrir sans faire le moindre commentaire. Dans la pochette plastifiée était glissé un permis de conduire danois au nom de Malte Ancher.

Tous trois se retournèrent vers Steinholmen, les yeux fixés sur l'île d'où avait dérivé le corps.

— Il faut donner ça à mon père, dit Cecilia. Qu'il le confie à la police.

— Oui, répondit Leo. Après notre petite inspection.

Il prit le portefeuille des mains d'Uriel et remonta vers les rochers où ils avaient laissé leurs affaires. Il s'empara de son portable, prit une photo du permis, avant de sortir le reste qu'il disposa soigneusement sur une pierre.

Il y avait trois autres pièces au nom de Malte Ancher : le pass d'un club de sport, la carte d'un vidéo-club et une carte bancaire. 350 couronnes danoises en liquide. Quelques tickets de caisse et un bout de papier avec quatre chiffres inscrits à la main.

Leo photographia le tout, puis il se mit à tapoter sur son téléphone.

— Qu'est-ce que tu fais ? demanda Cecilia.

— Je le google.

Leo opina, le regard rivé sur l'écran.

— Purée ! s'exclama-t-il. C'est ce que je pensais !

— Quoi ?

Leo lut à voix haute :

— *La police de Copenhague recherche Malte Ancher, trente-sept ans, inculpé pour trafic de stupéfiants.*

L'homme, qui a déjà été condamné par le passé, semble aujourd'hui l'un des acteurs principaux d'un réseau qui fait passer des quantités importantes de drogue entre la Norvège, la Suède et le Danemark... J'en étais sûr ! Tout ça, c'est une histoire de trafic !

CHAPITRE DIX-SEPT
Tempête dans l'air

Dans l'après-midi, la mer devint soudain d'huile. Seules quelques rides fronçaient la surface, que les oiseaux rasaient en poussant de curieux cris inquiets. Des nuages sombres s'accumulèrent à l'horizon et l'air devint de plus en plus lourd, chargé de cette électricité qui annonce la pluie, peut-être un orage. Finalement, le Vieux Tim allait certainement avoir raison, à propos de la tempête.

Les trois amis étaient installés sur la balancelle de la terrasse de l'hôtel. Uriel donna un petit élan et le meuble se mit à osciller en grinçant. Cecilia, la tête appuyée au dossier, s'apprêtait à fermer les yeux quand elle aperçut les deux étrangers. Ils sortaient par la porte principale du bâtiment, sans regarder aux alentours.

— Je me demande où ils vont, dit Uriel tout bas.

Leo posa le pied par terre et arrêta la balancelle.

— Il n'y a qu'un moyen de le savoir, répondit-il en se levant.

Les deux hommes traversèrent le parking. Le grand à la bouche de travers jeta un œil par-dessus son épaule, puis ils continuèrent vers la maison de Christian Lasson.

— Je ne trouve plus ça marrant, soupira Cecilia. C'est grave. Il faut qu'on en parle à quelqu'un.

— Si la police n'avait pas encore identifié le mort, maintenant c'est fait, répondit Leo, faisant allusion au portefeuille dont ils s'étaient débarrassés. Et puis, les flics ont bien dû comprendre quel genre de type c'était. On n'a pas besoin de le leur expliquer.

— Mais suivre ces deux-là, c'est peut-être dangereux.

— Il suffit de garder nos distances et de prendre les jumelles, rétorqua Leo.

Et il fila chercher son matériel.

Deux minutes plus tard, il était de retour. Les deux hommes avaient passé la maison du peintre et poursuivaient leur marche le long de la plage.

— Rendez-vous au banc ! dit Leo, le doigt pointé vers le phare d'Ålodden.

Cecilia n'eut pas le temps de protester que Leo avait déjà enfourché un vélo.

— Mais sans Ego ! lança-t-il dans son dos.

Uriel attacha son chien, puis pédala derrière Leo avec Cecilia. En arrivant au bois, elles trouvèrent le vélo du garçon abandonné au bord du sentier. Il avait rampé dans l'herbe et s'était installé à plat ventre sur un rocher. Le banc était un peu plus loin, mais depuis cet endroit, ils avaient vue sur toute la plage sans risquer qu'on les aperçoive. Cecilia se glissa sur le rocher et s'allongea à côté de Leo, veillant à laisser de la place à Uriel. Des rafales de vent venues de la mer leur ébouriffaient les cheveux.

Même à l'œil nu, Cecilia discernait les deux hommes. Ils se tenaient près du vieux ponton qui gisait sur le sable, presque à l'opposé de la plage.

— On dirait qu'ils attendent quelqu'un, observa Leo.

Il confia aux filles les jumelles et sortit son appareil photo pour zoomer sur les deux silhouettes.

Cecilia dut adapter les verres à sa vue. Le petit homme qui s'appelait Ferit s'appuyait au ponton, bras croisés, tandis que le type à la bouche de travers faisait les cent pas. À l'instant où elle allait passer les jumelles à Uriel, celui-ci s'arrêta et fit un geste du menton vers le chemin, comme pour signaler quelque chose à l'autre, qui se tourna aussitôt. Cecilia dirigea l'instrument dans la même direction. Le Danois marchait à leur rencontre.

— Le Danois rapplique ! annonça-t-elle.

— Oui, je vois, murmura Leo en prenant des photos.

Cecilia scruta le type. Il traversa la plage jusqu'aux deux étrangers, et les trois hommes se saluèrent en hochant la tête. Puis le type qui tournait en rond un instant plus tôt ouvrit sa veste pour lui montrer quelque chose. Voyant le pistolet glissé dans sa ceinture, Cecilia lâcha les jumelles avec un gémissement d'effroi.

— Ils ont l'air de parler de la météo, reprit Leo. Ils regardent la mer, montrent les nuages.

— Il est armé, bredouilla Cecilia d'une voix chevrotante.

Leo baissa son appareil et se tourna vers elle.

— Qui ça ?

— L'un des deux étrangers.

Puis il visa de nouveau dans son objectif.

— Tu arrives à prendre une photo de son arme ? demanda Uriel.

Leo secoua la tête.

— Je vois rien.

— Il a un pistolet sous sa veste, précisa Cecilia. Dans sa ceinture.

Uriel s'empara des jumelles.

— Ça ne m'étonne pas, marmonna-t-elle. On dirait qu'ils se mettent d'accord sur quelque chose, là. Le Danois fixe sa montre, les autres opinent... Maintenant, ils se serrent la main. C'est sûr, ils ont conclu un accord.

Cecilia reporta ses yeux sur l'hôtel. Son père était en train de rentrer les coussins des meubles du parc. À un balcon se tenait une silhouette, le visage tourné vers la plage, l'air de fixer les trois hommes. Sans jumelles, elle n'arrivait pas à distinguer de qui il s'agissait, mais c'était le balcon de la chambre 209 où logeait le couple de motards. Ça, elle le savait.

— Ils s'en vont, annonça Leo.

Elle les regarda se séparer, puis se retourna vers l'hôtel. Juste à temps pour voir la silhouette du balcon retirer de sa bouche une cigarette et jeter le mégot par-dessus le garde-corps avant de rentrer à l'intérieur.

— Allons-y, dit Leo en se levant.

— Où ça ?

— Au ponton.

— Pourquoi ?

— Il faut que je vérifie un truc.

Sans plus d'explications, Leo s'élança sur son vélo. Les filles échangèrent un regard, haussèrent les épaules et le suivirent. La plage était déserte. Un vent froid et humide soufflait du large. Le ciel s'était couvert de lourds nuages de pluie. Impossible de pédaler dans le sable. Les trois amis durent laisser leurs vélos et continuer à pied jusqu'au ponton.

— Qu'est-ce que tu veux faire ? demanda Uriel.

— Ne marchez pas là ! ordonna Leo.

Les filles se figèrent tandis qu'il examinait les alentours.

— C'est bien ce que je soupçonnais, reprit-il en s'accroupissant. Vous voyez ?

En remarquant les traces laissées par les trois hommes sur le sable, Cecilia comprit ce que Leo voulait dire. Elle reconnaissait une de ces empreintes : c'était la même que celle qu'elle avait vue à côté du mort, deux jours plus tôt.

Leo se redressa, le doigt pointé dans la direction où s'éloignaient les pas. Là où était parti le Danois. C'était donc lui qui, pour une raison ou pour une autre, avait marché à côté du cadavre ce jour-là.

Les yeux perdus à l'horizon, Cecilia avala sa salive. De grandes vagues roulaient lourdement vers le rivage, quasiment au même rythme que les battements de son cœur.

CHAPITRE DIX-HUIT
Une nuit agitée

Plantée devant le tableau d'affichage du salon de la tour, Cecilia observait le portrait de sa mère et les coupures de journaux sur sa disparition.

La nuit porte conseil, disait souvent sa mère quand elle était un peu perdue. Voilà précisément ce que les trois amis avaient décidé de faire. Dormir ensemble et attendre le lendemain pour décider de la suite des opérations. Cecilia et Uriel avaient déjà passé la nuit un certain nombre de fois dans cette pièce, pendant le week-end ou les vacances. C'était une bonne idée qu'ils s'y installent tous les trois, avaient estimé le père de Cecilia et la mère de Leo qui devaient partir le lendemain pour un séminaire à Oslo. En leur absence, Edgar, le cuisinier, serait chargé de s'occuper de l'hôtel et des enfants.

Trois matelas avaient été montés là-haut, et on avait trouvé des couettes et des oreillers. Avec tous ces nuages sombres, la nuit était particulièrement noire au-dehors, mais la pluie tardait à tomber. Le phare d'Ålodden caressait régulièrement la côte de son faisceau lumineux, faisant scintiller la surface agitée. Le vent avait redoublé de force. Son hurlement persistant empêchait les trois amis de dormir.

Tout à coup, un violent éclair illumina toute la pièce et une bourrasque fit trembler l'une des fenêtres. Quelques gouttes de pluie crépitèrent contre les carreaux, puis l'averse se mit à marteler le toit. Leo se leva et s'approcha des vitres. Ego grognait tout bas.

— Tu ne devrais pas te mettre là, dit Cecilia. Imagine que l'orage s'aggrave.

Aussitôt, un nouvel éclair jaillit dans le ciel. La foudre ne paraissait pas si puissante, mais le coup de tonnerre semblait plus proche.

— Il y a quelqu'un en bas ! s'écria Leo. C'est le Danois !

Les filles approchèrent de la fenêtre.

L'épaisse silhouette du Danois s'éloignait de l'hôtel d'un pas déterminé.

— Quelqu'un l'attend là-bas ! remarqua Uriel, le doigt pointé vers la jetée.

Dans la lumière orange des réverbères du petit port, Cecilia devinait une ombre.

— Il se passe quelque chose, conclut Leo.

Il enfila son pantalon et attrapa son appareil photo.

Sans vraiment s'en rendre compte, les trois amis s'habillèrent, enfilèrent des vêtements de pluie et s'élancèrent dans les escaliers. Ego aboya dans leur dos, même s'il devait être heureux de ne pas devoir mettre le museau dehors par ce temps. Ils sortirent sous les trombes d'eau qui s'abattaient du ciel.

— Ils vont en mer, dit Uriel. Qu'est-ce qu'on fait ?

— On prend le bateau ! affirma Leo. C'est maintenant ou jamais. Il faut qu'on les suive pour savoir une fois pour toutes ce qu'ils fabriquent.

Cecilia voulut protester, mais elle ne parvint qu'à balbutier :

— On n'a que deux gilets de sauvetage.

— Non, dit Uriel en suivant Leo. J'en ai trouvé un autre.

Au loin, le Danois était en train de monter sur un bateau. L'homme qui l'attendait largua les amarres, sauta à son tour à bord et s'assit à la barre.

Ils étaient déjà à une centaine de mètres au large lorsque les trois complices arrivèrent au port. L'embarcation n'apparaissait qu'à la lumière intermittente du phare. Cecilia, troublée, observait la surface tumultueuse de l'eau. Les cordages des petits bateaux arrimés au pont grinçaient. La tempête ne battait pas encore son plein, ce n'était qu'une question de temps. Bientôt, les éléments se déchaîneraient comme ils ne l'avaient pas fait depuis longtemps.

Impossible de réfléchir dans ce genre de situation. Mais une fois à bord, en sentant les vagues frapper la coque, Cecilia se rendit compte que c'était de la folie. Elle serra fort son gilet de sauvetage à sa taille et laissa son regard se perdre dans la mer.

— Un bateau les attend ! s'écria Leo pour couvrir le bruit du moteur et de la tempête.

Il disait vrai. Au large de Steinholmen apparaissaient les contours d'un grand navire, avec des lanternes et un éclairage blanc qui clignotaient régulièrement, comme pour signaler sa présence.

— Mais qu'est-ce que tu comptes faire ? demanda Cecilia.

— Observer, répondit Leo en tapotant son appareil photo.

Cecilia ressentait chaque mouvement de la coque ballottée sur les vagues.

— Imagine qu'ils nous remarquent, répliqua-t-elle.

Leo ne semblait pas s'en soucier. Il se tourna et pointa le doigt vers l'île.

— Approche autant que possible, dit-il à Uriel. L'obscurité devrait nous cacher.

Et tandis qu'elle manœuvrait, il s'installa à la proue.

— Ralentis ! lança-t-il au bout de quelques minutes. Ils ont atteint l'autre bateau.

Dans l'éclat soudain du phare qui balaya la surface, Cecilia vit l'embarcation aborder le navire.

— Qu'est-ce qui se passe ? demanda Uriel.

— Ils abordent, répondit Leo. Et le Danois embarque.

Uriel se tenait aussi près que possible. Leur bateau fendait les vagues, l'écume giclait par-dessus bord. Cecilia, le regard plongé dans la tempête, remonta la fermeture Éclair de son ciré jusqu'au menton. La pluie lui fouettait les épaules. Les îles et les écueils apparaissaient et disparaissaient au rythme de la lumière du phare.

— Ça doit être des trafiquants ! Ils ont récupéré un paquet et maintenant, ils retournent vers la côte.

Même sans jumelles, Cecilia put le constater. Les deux bateaux s'étaient séparés et le petit retournait vers le rivage, avec un seul homme à bord.

— Il fonce droit sur nous ! s'écria Leo. Demi-tour !

CHAPITRE DIX-NEUF
Un homme à la mer

Uriel vira d'un coup. Le bateau gîta si violemment que de l'eau passa par-dessus bord, puis il se redressa.

— Je crois qu'ils nous ont repérés, dit Leo, tenant fermement son appareil photo contre lui pour le préserver de la tempête.

Tout en se protégeant des giclées d'eau salée, Cecilia jeta un regard en arrière. Le bateau filait toujours droit vers eux.

— Ils nous rattrapent ! s'écria Leo en se redressant pour mieux voir.

Mais une déferlante leur arrivait droit dessus, qu'Uriel ne parvint pas à éviter. La proue rebondit, entraînant le bateau de côté. Leo heurta le plat-bord, tenta de se rattraper et laissa son appareil lui échapper des mains. Il le vit disparaître dans les remous. Déjà une autre vague percutait le bateau. La mer se dressait comme un mur devant eux. Cecilia, paralysée sur son banc, crachait, toussait, des embruns plein les yeux. Elle n'y voyait plus. Elle se frotta le visage avec son bras et battit des cils pour chasser l'eau salée.

Quand elle rouvrit les paupières, Leo avait disparu.

— Leo ! hurla Uriel, le regard perdu dans les eaux sombres.

Cecilia se tourna. Leo flottait au milieu de la mer écumante. Il agita désespérément les bras. Il haletait, buvait la tasse, se débattait pour maintenir la tête hors de l'eau. La coque trembla quand Uriel vira encore, tentant de défier la tempête.

— Prends la corde ! ordonna-t-elle à son amie en montrant l'amarre avant.

Cecilia obéit et se coucha contre le bastingage. Leo se démenait dans les flots, comme si des forces inconnues l'attiraient dans les profondeurs.

— Leo ! cria Cecilia, juste avant qu'une nouvelle vague déferle et lui remplisse la bouche d'eau amère et salée.

Dès qu'elle réussit à capter le regard de Leo, elle lui jeta la corde. Il tendit la main, mais il ne parvint pas à l'attraper, le courant l'éloignait de plus en plus du bateau.

Uriel changea de cap. La coque glissa en diagonale dans un creux, la proue fendit l'eau, puis remonta tant bien que mal sur la crête de la vague. Cecilia attendit que le bateau soit dans la bonne position pour relancer la corde. Cette fois, Leo la saisit au vol. Mais subitement, son visage disparut sous l'eau. Seul son poing serré sur l'amarre émergeait à la surface.

Elle tira de toutes ses forces. Leo ne tarda pas à réapparaître, et Uriel lâcha la barre pour aider Cecilia à le hisser à bord. Quand ce fut fait, il resta là, gisant sur le pont, à cracher ses poumons.

La houle les avait fait dériver. Ils allaient maintenant vers Ålodden, loin du petit port où ils auraient voulu s'abriter. La lumière du phare effleura les flots. L'autre bateau les pourchassait toujours.

— À terre, vite ! s'exclama Cecilia, le doigt pointé vers la plage où ils s'étaient baignés quelques heures plus tôt.

Désormais, cet endroit idyllique était submergé par les vagues.

Uriel eut beau mettre les gaz, l'eau qui avait jailli à l'intérieur alourdissait l'embarcation. À chaque seconde, l'autre bateau semblait gagner plus de terrain, mais tout n'était pas perdu. S'ils accostaient les premiers, ils pourraient se réfugier à toutes jambes à l'hôtel.

— Leo ! Ça va ? lança Uriel lorsqu'ils ne furent plus qu'à une quinzaine de mètres du rivage. Lève-toi, on est presque arrivés.

Il toussa et se redressa péniblement. À cet instant, une violente secousse les projeta tous les trois vers l'avant. L'embarcation tangua dangereusement, et ils se retrouvèrent à la mer.

Le bateau avait touché un écueil. Il flottait maintenant à la surface, ballotté comme un ballon, avec un gros trou dans la coque. Mais ils avaient pied, constata Cecilia, l'eau glacée leur arrivait à la poitrine. Déséquilibrée par le courant, elle tituba vers la plage tout en jetant des regards inquiets autour d'elle. Uriel et Leo, eux aussi, s'extirpaient d'un pas lourd de la mer. Ouf, ils s'en étaient sortis. Le bateau de leur assaillant ralentit. Sans doute ne voulait-il pas prendre le risque d'accoster ici.

Leo et Uriel s'écroulèrent sur le sable tandis que Cecilia restait plantée debout, à reprendre son souffle et goûter le plaisir de sentir la terre ferme sous ses pieds.

— Il faut qu'on rentre à l'hôtel, dit-elle au bout d'un moment.

Leo retira furieusement son gilet de sauvetage.

— Gilet de merde, pesta-t-il en le jetant. Ce truc pèse une tonne. Il vient d'où ?

Cecilia se pencha pour l'attraper et le soupeser. En effet, il était lourd comme du plomb. Tout le tissu semblait avoir aspiré l'eau.

— Aucune idée, répondit Uriel. Je l'ai trouvé dans le bateau de mon père.

— Dépêchez-vous ! les interrompit Cecilia en voyant le bateau approcher du port.

À l'instant où elle se mettait en marche, un éclair jaillit dans le ciel. Aussitôt, elle se figea. Dans le bref éclat lumineux, elle avait aperçu un homme en haut de la plage. Un homme qui braquait un pistolet sur eux.

CHAPITRE VINGT
La main dans le sac

Le tonnerre grondait.

L'homme qui les menaçait de son arme n'était autre que le type à la bouche de travers.

— Filez-moi le gilet ! rugit-il en avançant de quelques pas.

Cecilia était anéantie par la peur. Comme si l'air qu'elle inspirait ne parvenait plus jusqu'à ses poumons. Elle se força à inspirer une bouffée d'oxygène, puis une autre.

— Le gilet de sauvetage ! répéta l'homme.

De près, sa bouche semblait encore plus difforme. Ses yeux noirs formaient deux traits au milieu de son visage ruisselant de pluie. Il agita son pistolet, les visant successivement tous les trois du bout du canon noir ébène de son arme.

Cecilia obéit. Elle jeta le gilet, qui atterrit lourdement sur le sable. L'homme passa le pistolet d'une main dans l'autre, approcha et sortit un canif de la poche arrière de son pantalon. La lame se déplia avec un bruit sec qui claqua sous l'averse. Il s'accroupit, la lame brilla dans le noir, il la planta dans le gilet et commença à l'entailler. Le tout sans décrocher son regard des trois amis.

Cecilia tremblait comme une feuille dans le vent frais venu du large. Il lui suffit d'échanger un regard avec Leo pour constater que, comme elle, il avait compris. Il y avait de la drogue dans le gilet de sauvetage. Voilà ce que les deux étrangers avaient cherché en vain autour de l'épave, avant de fouiller l'abri à bateaux où le père d'Uriel avait laissé ce qui avait été retrouvé après le naufrage. Ils ne pouvaient pas savoir que, tout ce temps, le gilet était resté dans son propre bateau. Jusqu'à ce qu'Uriel se l'approprie.

L'homme se releva, l'air satisfait par son inspection.

— En route ! lança-t-il en leur faisant signe avec son arme d'avancer.

Uriel fut la première à obéir. Un instant plus tard, Cecilia la suivit prudemment. Leo ne s'exécuta qu'une fois que l'homme l'eut bousculé dans le dos.

Ils longèrent péniblement la mer. À chaque pas, leurs talons s'enfonçaient dans le sable mouillé. À l'autre bout de la plage, on devinait le petit port baignant dans la lumière orange des réverbères. Le bateau qui les avait pris en chasse était amarré, et une silhouette venait à leur rencontre.

Ils se retrouvèrent face à face au niveau du vieux ponton. C'était l'homme du nom de Ferit. Celui qui avait de l'argent caché sous son lit.

— La pêche a été bonne, dit le type au pistolet en brandissant le gilet de sauvetage.

L'autre opina, mais il n'avait pas l'air ravi, loin de là. Il essuya son visage trempé d'une main, puis marmonna quelques mots dans une langue étrangère.

Cecilia sentait son cœur battre dans sa gorge, son sang pulser au bout des doigts. Ses amis et elle en savaient trop pour que ces truands les laissent s'en aller. Ils avaient affaire à des trafiquants de drogue qui risquaient de croupir longtemps en prison, si l'un d'eux parlait.

En à peine quelques mots, les deux hommes semblèrent se mettre d'accord. Un nouvel éclair illumina leurs visages déterminés.

— Ce ne serait pas la première fois que des gens se noient par ici, reprit l'un des deux, avec un hochement de tête vers l'endroit où la mère de Cecilia avait été retrouvée, un an auparavant. Et puis, leur bateau a chaviré. Ça aura l'air d'un accident.

Cecilia avait beau réfléchir de toutes ses forces, elle ne voyait aucun moyen de s'échapper. La tempête faisait un tel vacarme que personne ne les entendrait appeler à l'aide. Le vent étoufferait les coups de feu.

Quand l'homme au pistolet approcha d'un pas, Leo se jeta par terre.

— Debout ! s'écria le trafiquant en lui donnant un coup de pied dans le flanc.

Leo se mit à quatre pattes. Mais avant de se relever, il prit de grosses poignées de sable sans que l'autre le remarque.

« Bonne idée », pensa Cecilia.

— Allez ! ordonna Ferit en la poussant pour qu'elle marche en direction du port.

À son tour, elle fit semblant de trébucher et se remplit la main de sable. Puis elle se releva, le poing bien serré, et tenta de capter le regard de Leo.

— Avancez ! répéta l'homme au pistolet.

Dans la lumière soudaine du phare, Cecilia et Leo échangèrent un coup d'œil. Un petit signe de tête, et elle lança à toute volée sa poignée de sable mouillé devenue aussi compacte qu'une boule de neige. Mais le type réussit à éviter le coup qui le manqua d'une dizaine de centimètres. Il la fusilla du regard.

Leo en profita pour passer à l'attaque, visant le même homme. Le projectile l'atteignit à la racine du nez et lui explosa au visage. Poussant des plaintes incompréhensibles, l'homme se mit à se frotter les yeux et Leo se précipita sur lui comme un bélier, tête la première dans son ventre. Le truand lâcha un gros soupir et chancela en arrière. Son pistolet lui échappa des mains. Sans réfléchir, Cecilia se jeta à terre et resta un instant immobile, serrant l'arme contre sa poitrine.

D'un bond, l'homme à la bouche tordue s'était précipité sur elle. Il lui agrippa la nuque et la força à se relever. Mais elle se tortillait, cramponnée au pistolet, et à l'instant où la lumière du phare balayait les alentours elle réussit à le lancer à Uriel.

Peine perdue : Uriel le perdit aussitôt dans le sable et dut se baisser pour le chercher à tâtons. Lorsqu'elle se redressa quelques secondes plus tard, l'arme dans les mains, elle affichait une mine troublée. Comme si elle ne savait pas si elle devait fuir ou combattre.

— Cours ! lui cria Cecilia.

À peine avait-elle esquissé un pas qu'elle fut arrêtée dans son élan. L'homme à qui Leo s'en était pris était déjà sur pied. Il lui barra la route, tenant fermement Leo contre lui d'une main et son canif de l'autre. La lame luisante effleurait la gorge du garçon.

Son complice accourut, attrapa le poignet d'Uriel et lui arracha le pistolet.

L'autre bredouilla quelques mots dans sa langue, tout en appuyant le couteau contre le cou de Leo. Il semblait prêt à s'en servir.

— Non, répondit son complice en bousculant Uriel vers la jetée. Il faut les noyer. Que ça ait l'air d'un accident.

Et il braqua son pistolet sur Cecilia. Elle se redressa, contrainte et forcée d'obéir.

Une voix retentit tout à coup à travers la tempête.

— Pas un geste !

Une voix qui résonnait dans le noir, impossible à localiser.

— Lâche ton arme !

Une silhouette sortit de l'ombre du vieux ponton. La lumière du phare passa sur son visage. C'était le motard, pistolet au poing.

— Lâche-moi ça, répéta-t-il. Police!

Sa copine apparut à son tour, armée elle aussi, et munie d'une puissante lampe de poche qu'elle dirigea sur l'homme. Il eut l'air d'hésiter, comme s'il envisageait plusieurs possibilités. D'un coup il se jeta sur Cecilia et la tint fermement comme un bouclier devant lui tout en menaçant la motarde.

Cecilia vit son index se contracter et actionner la détente… Mais on n'entendit qu'un pauvre petit déclic. Au cours du combat, le pistolet s'était rempli de sable.

Tandis que le malfrat l'examinait sans comprendre, des gyrophares apparurent sur l'allée qui menait à l'hôtel, tournoyant en rythme dans le noir. Plusieurs voitures de police traversèrent la pelouse qui bordait la plage et s'arrêtèrent en demi-cercle autour d'eux. Des portes claquèrent, des radios crépitèrent. Devant ce spectacle, l'homme qui tenait Leo se rendit enfin. Il lâcha son couteau et leva les mains en l'air. L'autre ne tarda pas à l'imiter. Il jeta son arme par terre et s'écarta de Cecilia, les mains au-dessus de la tête.

CHAPITRE VINGT-ET-UN
Chocolat viennois

Cecilia buvait lentement sa tasse de chocolat fumant, laissant chaque gorgée la réchauffer de l'intérieur. Ils s'étaient réfugiés dans la cuisine, avec des couvertures en laine sur les épaules. La pluie martelait les carreaux des fenêtres. Edgar plongea sa louche dans la casserole de chocolat qui frémissait sur la cuisinière, et servit le motard et sa copine. En réalité, ce n'était pas sa copine, mais sa collègue. Tous deux étaient de la police.

— Quand le corps d'un trafiquant a été retrouvé sur la plage, on a tout de suite compris que quelque chose se tramait, expliqua-t-il. On a donc pris une chambre à l'hôtel en se faisant passer pour un couple pour en savoir plus.

— On a appelé ça « l'opération salamandre », ajouta la femme.

— Salamandre ?

— Oui, tous les membres de ce réseau ont une salamandre tatouée sur le bras.

Cecilia s'apprêta à lui demander si c'était pour cette raison qu'elle en avait dessiné une, mais elle retint sa langue. Même si l'énigme était résolue, elle n'avait pas envie de raconter aux policiers qu'elle et Leo avaient fouiné dans leur chambre.

— Au départ, ce n'était qu'une opération de surveillance. L'idée était de s'installer ici et de garder l'œil ouvert, mais je crois que vous avez été plus observateurs que nous, reprit la fille.

Cecilia trempa le doigt dans le nuage de crème qui flottait à la surface de son chocolat et le porta à sa bouche.

— Ces types font entrer de la drogue dans notre pays depuis un moment, ajouta son collègue.

— Ils logent souvent à l'hôtel, dit Leo. Sans doute pour attendre de nouvelles livraisons.

— Mais la dernière fois, ça s'est mal passé, ajouta Uriel.

Le policier opina, puis but une gorgée.

— Comme nous, ils ont cru que la cargaison avait disparu en mer.

— Et ce soir, ils se sont fait livrer un nouveau stock depuis le Danemark, indiqua la femme. On se doutait que quelque chose du genre allait arriver et on en a eu le cœur net en vous voyant prendre le large. C'est à ce moment qu'on a appelé les renforts.

Un battement retentit soudain à travers la tempête. Cecilia leva les yeux au plafond, puis regarda au-dehors. Un hélicoptère avait surgi bas dans le ciel, derrière la colline au-dessus de l'hôtel, avec un projecteur qui balayait le paysage de lumière.

Le téléphone du policier sonna aussitôt. Il décrocha, donna quelques informations et raccrocha. L'hélicoptère changea de cap et s'envola.

— Nos collègues ont abordé le bateau venu faire la livraison, expliqua-t-il. Ils ont trouvé de l'argent à bord et arrêté trois hommes.

— Dont le Danois, là ? demanda Uriel.

— Klaus Bang, dit Leo. Le Danois de la chambre 213.

— Dont lui, confirma le policier.

— Je crois qu'il était là quand le *Mary C* a fait naufrage, ajouta Cecilia.

Et elle leur parla des traces de pas qu'elle avait remarquées dans le sable, à côté du mort.

— Bien vu, lui répondit la policière. On pense qu'après l'accident, il est entré par effraction dans des maisons aux alentours pour chercher des vêtements secs. Mais ses bottes, il a dû les garder. C'est lui qui était en contact avec les deux étrangers et qui a organisé la seconde livraison. Il devait rentrer chez lui avec ce bateau.

Son collègue posa sa tasse encore à moitié pleine sur la table.

— Il faut qu'on y aille, déclara-t-il. Mais je reviendrai demain. Il est tard, vous feriez bien de dormir un peu.

De retour dans la tour, Cecilia resta longuement debout, à la fenêtre. Les autres s'étaient glissés sous leurs couettes depuis longtemps. Elle entendait le souffle lourd d'Uriel, du côté de son matelas.

Elle était assaillie d'impressions et de réflexions qui ne voulaient pas la lâcher. Les pensées les plus noires avaient le don de se manifester la nuit. Elle aurait voulu que son père soit là. Même s'il avait du mal à dire ce qu'il avait sur le cœur, sa présence était douce et rassurante.

Cecilia se déplaça d'un pas pour détailler la photo de l'article de journal, avec la civière où reposait le corps de sa mère, couvert d'un drap. Que s'était-il vraiment passé cette nuit-là ? se demanda-t-elle, caressant du doigt le pan de la robe rouge qui pendait de la civière et effleurait les rochers.

Elle attendit encore un moment avant de se coucher, tournée vers le mur. Quand elle s'endormit enfin, le jour avait chassé la nuit.

CHAPITRE VINGT-DEUX
Une robe mystérieuse

Les premiers jours après l'arrestation avaient été bien remplis. Des journalistes de toutes sortes de journaux et chaînes de télévision avaient accouru pour faire des reportages sur l'affaire. Depuis, un mois s'était écoulé et les événements semblaient presque oubliés. Les journées étaient paisibles, comme ensommeillées.

Les trois amis, installés à l'une des tables de la terrasse, sirotaient du thé glacé que Cecilia avait trouvé chez Edgar, dans la cuisine. Le soleil était haut dans le ciel, le paysage semblait vibrer sous la chaleur.

Une vieille femme coiffée d'un chapeau blanc et vêtue d'une robe à volants approcha et posa la main sur le bras de Cecilia.

— Te voilà ! dit-elle en prenant place sur une chaise libre.

Ebba était une habituée. Elle ne manquait jamais la fête de l'été et séjournait chaque année trois ou quatre semaines à l'hôtel. Son visage sillonné de rides montrait qu'elle avait passé sa vie à sourire au soleil, et elle sentait toujours bon.

— Comment vas-tu ? lui demanda-t-elle.

— Bien, lui répondit Cecilia en souriant.

— Ta mère doit beaucoup te manquer.

Elle hocha la tête. Sa mère était toujours là, quelque part, dans ses pensées.

— Je voulais te montrer quelque chose, dit Ebba en ouvrant son sac. J'avais pris des photos l'année dernière, à la fête de l'été, le soir où elle a disparu. Il y en a une que je trouve très réussie.

La vieille femme sortit une enveloppe et piocha un cliché qu'elle posa sur la table. On y voyait la mère de Cecilia à la lumière des lampions accrochés dans le grand chêne, dans le parc de l'hôtel. Ses cheveux bouclés, parsemés de mèches éclaircies par le soleil, étaient particulièrement volumineux dans l'humidité de la soirée. On aurait dit qu'ils dansaient autour de son visage. Les lampions donnaient à ses grands yeux bleus un éclat rayonnant.

— Tu lui ressembles énormément, observa Ebba. Je me disais que tu voudrais avoir cette photo. C'est sans doute la dernière d'elle.

Ebba avait certainement raison. Dans un angle étaient inscrites la date et l'heure : 23 h 49. La mère de Cecilia avait disparu peu après minuit.

Un nuage dissimula un instant le soleil.

Cecilia se pencha pour saisir le portrait. « La dernière photo de maman », pensa-t-elle en l'observant de plus près. Soudain, une sensation glaciale s'empara de son cœur. Elle avala sa salive, sentant son pouls s'emballer. Elle ignorait combien d'heures elle avait passées dans la tour, à examiner la coupure de journal avec la civière. Mais une chose était sûre : sur la photo d'Ebba, sa mère portait une autre robe que celle qui dépassait du drap dont le corps était couvert.

Deux robes rouges, et pourtant différentes. Sur la photo de l'article, le vêtement avait un ourlet blanc, pas sur celle d'Ebba...

Cecilia ferma les yeux pour fouiller dans sa mémoire. Le soir de la disparition, elle se souvenait que sa mère portait une robe rouge. Entièrement rouge. Comme là, sur le portrait. Elle le reposa délicatement sur la table. Sa main se mit à trembler. Que s'était-il donc passé ce jour-là ?

Les pensées fusaient de toutes parts.

Tout ce qu'elle savait, c'était qu'elle ne savait pas.

SOCRATE

Né en 470 avant J.-C. à Athènes, Socrate était un sage. Quand il n'était pas en train de parcourir la ville pour parler aux gens, il passait des heures à réfléchir. Lorsqu'il discutait avec les autres sages, il se rendait compte que les anciens croyaient souvent maîtriser des sujets dont ils ignoraient tout. Lui, au contraire, savait qu'il ne savait rien, ce qui faisait de lui le plus intelligent. Voilà d'où est née la formule célèbre.

Socrate avait une manière bien particulière d'enseigner. Il ne donnait jamais de réponse, mais posait des questions à ses élèves pour qu'ils trouvent eux-mêmes une explication. Contrairement à beaucoup d'autres sages de la Grèce antique, il ne demandait pas à être payé. Il vivait de la nourriture et des cadeaux que lui offraient ses amis, et des quelques pièces qu'il trouvait dans la rue.

Il pensait que personne ne pouvait enseigner la différence entre le bien et le mal. D'après lui, c'était quelque chose que tout le monde avait au fond de soi. Un bon professeur devait être capable d'apprendre à ses élèves à le sentir et à le comprendre par eux-mêmes – et alors, ils se comporteraient bien.

Mais sa manière de penser et de faire ne plaisait pas aux dirigeants d'Athènes. À soixante et onze ans, Socrate a été accusé d'inventer de « nouveaux dieux » et de raconter des mensonges pour séduire les jeunes gens de la ville. Un jury de cinq cent un hommes l'a condamné à boire un poison mortel. Sa seule chance d'y échapper était de retirer toutes ses paroles, mais il a préféré affirmer ses convictions et accepter la sentence. De nombreux préceptes de sagesse de Socrate sont encore bien vivants aujourd'hui.

Poursuivez l'aventure avec *Le braquage d'Oslo,*
le deuxième tome de la série CLUE,
dont voici le premier chapitre.

CHAPITRE 1
Visite nocturne

Cecilia Gaathe avait été réveillée par un bruit. Elle ne savait pas ce qu'elle avait entendu, mais quelque chose l'avait tirée du sommeil.

Des bruits, il y en avait beaucoup dans un vieil hôtel comme celui-ci. La charpente qui craquait, l'eau qui bruissait dans les tuyaux, des clients qui arrivaient tard. Elle était habituée à ce concert nocturne, mais ce qu'elle venait d'entendre était différent. Un bruit nouveau.

Quelle heure pouvait-il être ? Elle n'en avait aucune idée, mais c'était encore la pleine nuit. Même si le store était baissé, dès que le jour commençait à se lever la lueur de l'aube filtrait de part et d'autre. Ce ne serait pas avant quelques heures. La pièce était plongée dans le noir. Seul le filet de lumière sous la porte de la petite salle de bains lui permettait de discerner les meubles.

Elle avait mis beaucoup de temps à s'endormir. À cause du portrait de sa mère, cette photo prise juste avant sa disparition, un an auparavant.

C'était Ebba qui la lui avait donnée. La vieille femme était une habituée de l'hôtel, elle avait été présente le soir du drame. En revenant cet été, elle lui avait montré une photo de la fête de l'été précédent. On y voyait sa mère, belle et radieuse, exactement comme Cecilia s'en souvenait. Quelques minutes plus tard, elle s'était volatilisée.

Personne ne savait ce qui s'était réellement passé ce soir-là et cette photo ne faisait qu'attiser le mystère. Cecilia n'en avait pas parlé aux autres mais, sur ce portrait, sa mère portait une autre robe que lorsqu'elle avait été retrouvée.

Tout à coup, le bruit retentit de nouveau. Un bruit étouffé, venu du dehors, comme si quelqu'un marchait dans l'herbe juste devant la fenêtre. Puis plus rien.

Cecilia s'immobilisa et tendit l'oreille. À part un chien qui aboyait au loin, le silence régnait.

Elle n'aimait pas cette chambre. La 118. L'une de ces pièces situées à l'arrière de l'hôtel, sans la vue sur la mer que réclamaient tous les clients. Sa vraie chambre se trouvait dans l'aile privée du bâtiment, où son père et elle avaient un petit salon et une cuisine. Mais maintenant qu'une bonne partie de l'hôtel avait été rénovée, c'était au tour de leurs appartements. Les murs et le plafond avaient été abattus, et il y avait des pots de peinture un peu partout. Durant les travaux, ils devraient dormir ailleurs. On l'avait donc installée dans la 118, et son père dans une chambre encore plus exiguë de l'autre côté du couloir.

Ici, tout ce qui lui plaisait, c'était cette porte qui menait à une petite terrasse et à un jardin. Et le fait qu'elle ait sa propre salle de bains. Comme ça, quand elle se levait tôt pour préparer la salle du petit-déjeuner, il lui suffisait de sauter dans la douche. Voilà pourquoi elle n'avait pas élu domicile dans le salon de la tour, alors que c'était l'endroit qu'elle préférait dans tout l'hôtel. Dans cette pièce perchée au-dessus de tout, avec des fenêtres orientées aux quatre points cardinaux, elle se sentait libre. C'était là qu'elle passait presque tout son temps. Sauf pour dormir. À l'heure de se coucher, elle redescendait dans leurs appartements – ou, en ce moment, dans la petite et impersonnelle chambre 118.

Elle avala sa salive, inspira profondément et retint son souffle.

La porte de la terrasse était-elle bien fermée ?

Elle avait beau essayer de se rappeler, elle n'arrivait pas à se concentrer. Le bruit ressurgit. Des pas, suivis d'un frottement le long du mur.

Aussi discrètement que possible, elle s'enfonça dans sa couette. Ce n'était que son imagination, se dit-elle pour tenter de chasser la peur. Il s'était passé tellement de choses ces derniers temps. Des choses qui revenaient dans ses rêves. Non seulement la disparition de sa mère, mais tout ce qui était arrivé depuis ce jour où, quelques semaines plus tôt, elle avait découvert un homme mort sur la plage. Le soir, quand elle fermait les yeux, elle revoyait ce corps tout raide et tout froid, avec une salamandre tatouée sur un bras livide.

Cette fois, le bruit persistait.

Cecilia n'arrivait pas à avaler sa salive tellement les muscles de sa gorge étaient tendus. Si vraiment un homme rôdait par ici en pleine nuit, qui ça pouvait bien être et que voulait-il ? Un cambrioleur, peut-être, ou pire : quelqu'un venu se venger. Le mort de la plage qui hantait ses rêves faisait partie d'une bande, et avec Uriel et Leo elle avait aidé la police à arrêter des truands affublés du même tatouage.

Une autre pensée lui traversa l'esprit.

Peut-être cette visite nocturne avait-elle quelque chose à voir avec sa mère ? Depuis qu'Ebba lui avait donné la photo, Cecilia était encore plus persuadée que la mort de sa mère n'était pas accidentelle, contrairement à ce qu'affirmait la police. Pourquoi serait-elle partie au beau milieu de la fête ? Et surtout, pourquoi aurait-elle changé de robe ?

Elle repoussa cette idée. « Un animal, pensa-t-elle. Ce n'était qu'un chevreuil sorti de la forêt pour brouter de l'herbe par ici. » Elle en avait déjà vu, les matins où elle se levait tôt. Il leur arrivait de se faufiler jusqu'au verger.

Cecilia resta figée dans son lit, le regard fixé sur la porte de la terrasse. Avant de se coucher, elle l'avait ouverte en grand pour aérer la chambre. Faire entrer le frais parfum de l'été, comme disait sa mère. Pendant ce temps, elle avait flâné dans la pelouse humide avant de s'essuyer les pieds sur le paillasson et de rentrer. Elle avait claqué la porte, mais l'avait-elle verrouillée ? C'était le genre de geste quotidien qu'on oubliait facilement. Même si elle avait l'habitude de fermer à double tour, avait-elle pensé à le faire ce soir ?

Le silence s'était de nouveau imposé. Elle porta son regard sur son téléphone posé sur la table de chevet sans oser tendre le bras pour l'attraper. Son père dormait de l'autre côté du couloir. Si elle criait assez fort, il se réveillerait certainement. Elle n'arrivait pas à s'y résoudre. Elle resta là, les sens à l'affût. Tout ce qu'elle percevait, c'était son souffle. Jusqu'à ce que…

Les planches de la terrasse grincèrent soudain.

Son cœur bondit et se mit à battre la chamade, la vidant de toute force. Elle grelottait et transpirait à la fois.

Plus de doute : il y avait quelqu'un, juste là. Derrière la porte.

La poignée commença lentement à se baisser.

Elle ouvrit la bouche, mais ne parvint à pousser aucun cri.

Ne manquez pas la suite captivante du *Braquage d'Oslo*.

Table des matières

Retrouve le quatuor CLUE dans :

L'auteur

Né en 1970, **Jørn Lier Horst** est l'un des maîtres du roman noir en Scandinavie. Ancien policier (il quitte la police en 2003), il publie dès 2004 son premier roman, début d'une série autour des enquêtes de l'inspecteur William Wisting publiée en France par Gallimard. *Le code de Katharina, Le disparu de Larkik, Fermé pour l'hiver, L'usurpateur, Les chiens de chasse,* entre autres, sont primés et salués par le grand public. Ses écrits se démarquent par un suspense et un réalisme uniques. Il aime situer son action dans des lieux retirés, des petites bourgades, où la vie est paisible… en apparence. Jørn Lier Horst s'impose aussi peu à peu avec ses fictions criminelles auprès du jeune public. Ses créations *Agence Détective n° 2* et *CLUE* sont deux des séries jeunesse les plus populaires pour les 10 +.

La traductrice

Franco-norvégienne née en 1988, **Marina Heide** a grandi en région parisienne avant de s'installer à Stockholm où elle vit et travaille. Elle est diplômée à la fois en littérature et en traduction : elle a un Master of Arts en traduction et interprétation de l'université de Westminster à Londres (2011), ainsi qu'un doctorat en littératures nordiques de Sorbonne Université (2017).

Marina Heide traduit depuis les trois langues scandinaves (norvégien, suédois et danois) vers le français. Ses domaines de prédilection sont la littérature de jeunesse, la littérature générale et la non-fiction. Elle est la voix française notamment de Maja Lunde, de Bjørn Sortland et de Merethe Lindstrøm.

Europe créative

Par le programme Europe Créative, l'Union Européenne renforce son action en faveur de la culture et de la création. Le volet MEDIA d'Europe Créative concerne les secteurs du cinéma et de l'audiovisuel. Son volet CULTURE veut soutenir de manière privilégiée et par la coopération la création d'œuvres européennes, le renforcement de la dimension économique, sociale et extérieure des secteurs culturels et créatifs européens. Il décerne des prix et développe des actions ciblées. Europe Créative accorde ses subsides par des appels à projets, qui couvrent tous les secteurs culturels, y compris le livre. Contenus et procédures de sélection sont gérés par l'EACEA, l'Agence Exécutive Education Culture Audiovisuel.

Le programme CULTURE accorde un soutien sectoriel au livre et à l'édition, aux artistes et aux professionnels.

Marlboro® est une marque déposée de Philip Morris Global Brands Inc, N-Y, USA.

Harley-Davidson® est une marque déposée de H-D, USA, LLC.

PAPIER À BASE DE FIBRES CERTIFIÉES

RAGEOT s'engage pour l'environnement en réduisant l'empreinte carbone de ses livres. Celle de cet exemplaire est de :
550 g éq. CO_2
Rendez-vous sur www.rageot-durable.fr

Cet ouvrage a été composé par IGS-CP
à L'Isle-d'Espagnac (16)

Cet ouvrage a été imprimé en France en décembre 2022
sur les presses de Laballery
58500 Clamecy (Nièvre)
Dépôt légal: février 2022
N° d'édition: 7688-03
N° d'impression : 211668